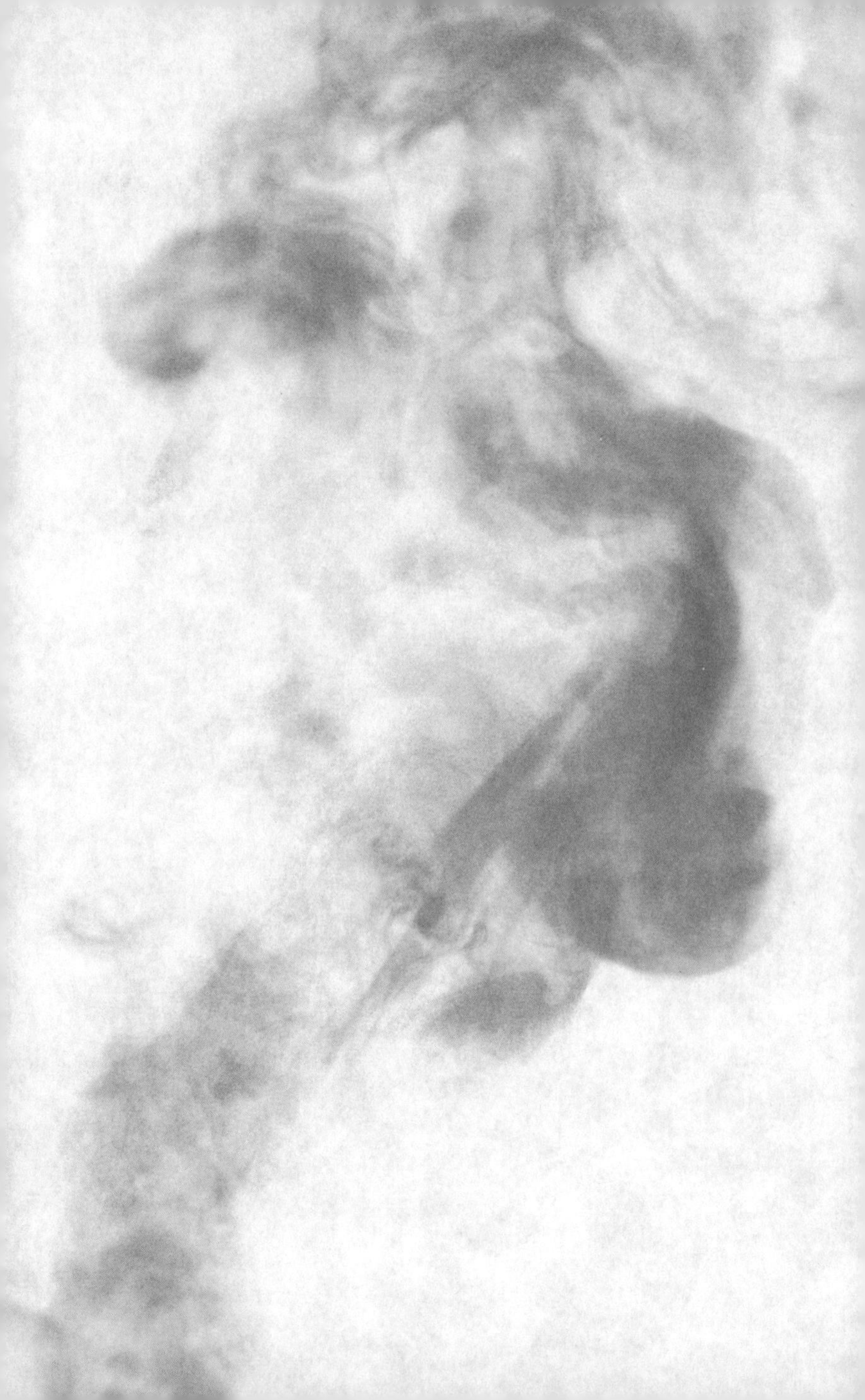

井上荒野

ホットプレートと震度四

淡交社

目次

装幀　大久保伸子
写真　大沼ショージ

今年のゼリーモールド

ＬＩＮＥの着信音があり、きっと娘の千尋《ちひろ》だろうとスマートフォンを手にすると、地域の連絡ＬＩＮＥだった。以前は各家に有無を言わせず有線放送で流れてきた、どこそこの誰が亡くなったとか、集落総出の草むしりの日程が変更になったとかの連絡が、今はそれができる家にはＬＩＮＥで来るようになっている。緊急の案件であることはめったにないので、路子《みちこ》は内容をたしかめなかった。

午前十一時。梅雨明け間もない七月の半ばだが、八ヶ岳《やつがたけ》西麓のこの辺りは、半袖のＴシャツでは家の中でも少し肌寒いほどの気温だ。日除けと虫除けを兼ねたパーカを羽織って、路子は庭に出た。プラムの実がたわわで、もうふたつみっつ地面に落ちているものもある。今日のうちに収穫してしまうつもりだ。

今の家には九年前から住んでいる。夫と知り合ったのは松本だが、路子の実家はこの近くにあって、夫がこちらに転勤になったのを機に、親戚から古家を買ってリフォームした。プラムはもともと庭にあった木だ。土と場所が合っているのだろう、ほとんど放りっぱなしでも、毎年旺盛《おうせい》に実をつける。

三十分ほどかかって、大きなバケツいっぱいに採れた。持って入ると、家の中が甘い匂いでいっぱいになる。半量は洗って置いておけば夫婦で食べてしまうだろう。残り半量は、うす甘く煮ておこう。そうすれば千尋が帰ってくるときまで置いておけるから、と路子は考える。プラムはあの子の好物だ。東京のスーパーマーケットでも、大きくて甘いのが売られているだろうけれど、あの子が子供の頃から好きだった、小さくて甘酸っぱいうちのプラムはうちでしか食べられない。そうだ、それから、甘く煮たプラムでゼリーを作ろう。娘が小さい頃よく作っていた。型から皿の上にぷるんとゼリーを取り出すと、歓声を上げて手を叩いた。そうだ、ゼリーを作ろう。

砂糖を計量しているところに、夫の十志男《としお》が戻ってきた。休日にはいつも朝早く起きてロードバイクを乗り回している。アップダウンが多い地形だから、しんどいけど筋力がつくんだよと得意そうに言っている。この春、千尋が家を離れてからの趣味だ。

「LINE、見たか？　心配だな」

ヘルメットを脱ぐとすぐ十志男は言った。

「え？　何が？」

「見てないのか？　坂上さんのおじいさん、行方不明だって。夜中に家を出て行ったらしい」

「坂上さんのおじいさんが？　どうして……」

さっきの着信はそのことだったのか。地域のＬＩＮＥを開いてみた。今朝六時頃、家族が起床したときには姿を消していたらしい。八十六歳という年齢や、容姿の特徴、服装のことなどが書いてある。高齢者が多い地域でもあるから、この種のお知らせもときどき届く。行方不明ということはたいていの場合、呆けて徘徊しているということだ。坂上さんもそうなのだろうか。そういえばしばらく見かけていない――最後に会ったのは今年の三月、千尋を東京へ送り出す日に、駅へ向かう車の窓から歩いているのが見えて、母娘で手を振ったのだった。坂上さんはニコニコ手を振り返してくれた。呆けているようには見えなかった。子供の頃から可愛がってもらった。蕎麦農家の人だが、草花に詳しくて、庭作りの相談にもよく乗ってもらった。行方不明であることより、呆けてしまったのかもしれないということが心配になった。

プラムが煮あがり、路子はそのまま昼食の支度にとりかかった。鶏と茄子を入れた熱いつゆで、つめたい素麺《そうめん》を食べることにした。黙々と素麺を啜《すす》る十志男に、「おいしい？」とか「つゆが甘くなかった？」とか、いつもなら聞くのだが今日は聞かなかった。なんとなく、気が塞いでしまったのだ。私が聞かなければ彼のほうからは何も言わないのね。路子はそうも考えていっそう不穏な気分になり、その気分を脇へ押しやるようにして、お茶を淹れるために立ち上がった。

お茶を飲んでいると路子のスマートフォンにまたLINEの着信があった。坂上さんのことだろうか――いや、今度こそ千尋だ。喜んだのもつかの間、ホーム画面にあらわれたメッセージを読んで、「えっ?」と思わず声が出た。

「ごめん。夏は帰れなくなった」

慌ててLINEアプリを開く。そちらで再度たしかめたが、それ以外のことは書かれていなかった。

「どういうこと?」

と送信した。明日か明後日には帰省する予定になっていたのだ。だからプラムを煮たし、ゼリーを作ろうと思っていたのに。

「沖縄で二週間バイトする。ダイビングもできるし、すごくいい条件なの。もう決まったって言われてたんだけど、急にひとり行けなくなって空きができたって連絡がきたから」

娘の返信を読んで、路子は息が詰まったようになった。バイト。ダイビング。事件や事故が起きたわけではなく、そんな理由なのか。そんな理由で帰ってこないのか。私はずっと前から——千尋が東京へ出発したその日から、帰省を待ちかねていたのに。

「じゃあ、そのあとで帰ってくるの？」

ほとんど答えは予想できたが、そう書き送ってみると、

「ごめん無理。東京でもやることがあるから」

とすぐに返信が来た。続いて、猫のような熊のような動物が、土下座しているスタンプ。これで話は終わりということか。呆然としているとまたスマートフォンが揺れて、

「くわしくはお父さんに聞いて」

という着信があった。路子はびっくりして十志男を見た。自分にはなんの関係もないというように彼はスマートフォンをいじっている。

「知ってたの？　千尋が帰ってこないって」

「さっき知ったんだよ、自転車で走ってるときに。電話がかかってきて。それですまそうとしたから、お母さんにもちゃんと話しなさいって言ったんだ」

「さっきって……」

それなのに、今まで黙っていたわけか。素知らぬ顔で、坂上さんの心配なんかして。

いや、夫のことはもういい。「ちゃんと話しなさい」と言われて、あの子はLINEを送ってきたわけか。「ごめん。夏は帰れなくなった」「ごめん無理」送ってきたのはそんな言葉だけ。それと、ばかみたいなスタンプ。それだけ。

涙ぐみそうになるのを懸命にこらえた。こんなことで泣くなんて情けない、と自分に言い聞かせながら。またLINEが着信した。千尋がさらに何か送ってきたのかと思ったが、今度は地域のLINEだった。坂上さんについての続報——深山の交差点付近で目撃情報あり、とある。

「深山なら近いな。ちょっと、あの辺り見に行ってみるよ」

十志男はそう言って立ち上がった。路子の返事を待たずに、そそくさと出ていく。もちろん坂上さんが見つかってほしいけれど、同じ場所にずっといるはずもないだろう。ようするに夫は逃げ出したのだ——私から。

寒冷地の夏の、透明な日差しが入ってくる家の中で、路子はひとりきりになった。その感覚に突然見舞われたようでもあったし、もうずっと前からそう感じていたようでもあった。この家は広すぎる。無垢のフローリング、漆喰《しっくい》の壁、タイルを貼った洗面台、使いやすいキッチン……リフォームのとき何冊も本を読み、こだわって、ほとんどひとりで采配を振ってやり遂げたことが、今はまったくなんの意味もないように思える。千尋が東京の大学へ行くなんて予想していなかった。家から通えない場所だとしても、県内の、週末ごとに帰ってきたり、こちらから訪ねて行ったりできる距離の学校へ行くだろうと思っていたのだ。路子とふたりで選んだ可愛いベッドやドレッサーを置いた部屋があるこの家から、こうもあっさり千尋が出て行ってしまうなんて考えもしなかった。

昼食の後片付けをすませると、どうしていいかわからなくなった。こういう時間はいつも何をしていたのだったか。お湯を沸かしてお茶をもう一杯淹れた。が、実際のところはそんな気分でもなくて、おいしいともまずいとも思わず機械的に流し込んだ。ふいに、ひと月ほど前のことを思い出した。

隣市の美容院でのことだ。近所の友だちが素敵なヘアスタイルになっていて、その美容院に変えたおかげだと言うので、路子も行ってみたのだ。二年ほど前に、東京から移住してきたという若い女性がひとりでやっている店だった。全然宣伝してないけど、口コミでお客さんが来てくれるんですと、自慢そうに言っていた。

ちょっとずけずけ言う人だなとは感じたけれど、これが東京ふうということなのだろうと、聞かれるままに路子は自分のことを喋った。夫は地元の精密機械工場に勤めていること。路子は専業主婦であること。子供はひとりで、その娘はこの春から東京で暮らしていること。美容師はアウトドア派で、もうあまりガツガツ働きたくもないから、ときどき長い休みを取って東京の友人たちとキャンプに行ったりしている。そんな話をしたあとで、その美容師の女性は「奥さんみたいな人って、昼間は何してるんですか？」と路子に聞いた。ニコニコしながら、無邪気な質問のふうを装っていたけれど、あきらかに見下した口調で。働いていない、世話をする子供ももういない、夫婦で過ごす充実した時間があるでもない、そんなあなたは、何が楽しくて生きてるの？　とその顔は言っていた。動揺して、「まあ、いろいろ」としか答えられず、いっそう憐れむような顔をされてしまった。一昨年までは仕事をしていました。そう言えばよかった。パートだが、夫と同じ会社で事務方をしていた。去年、千尋の塾の送り迎えが必要になって、辞めたのだ。そう——娘のためにいろんなものを犠牲にしてきたのに。それなのにあの子は、さっさと私を捨てて、東京へ行ったきり帰ってこない。思いは結局そこへ戻っていく。

ゼリーを作ろう。

突然、路子はそう決めた。千尋が帰ってこないのなら、今作ったっていいわけだ。十志男はどうせ関心を示さないだろうから、食べるのは自分ひとりかもしれないが、それでもいい。全部自分で食べればいい。

路子は憤然と立ち上がった。プラムだけでは彩りに欠けるので、ストックしてあった缶詰の桃と庭のミントの葉も少し入れることにして、ゼリー液を作った。あとは型に流して冷やすだけ、というときに、型がないことに気がついた。

そこにあるだろうと思って開けた抽斗《ひきだし》の中に入っていなかった。最後に使ったのはいつだったか——もう十年近く前かもしれない。今の家では作っていない。引越しのときに捨てたとか？　まさか。直径七センチほどのアルミ製のゼリー型は四つあって、もとは路子の母親が使っていたものだった。フルーツゼリーは母親の得意のおやつで、路子は結婚するとき、ある種の感傷とともにそれらを譲ってもらったのだった。だから捨てるはずはない。でも、よく覚えていない。抽斗にしまったというのは思い込みで、引越しのどさくさまぎれに、ゴミ袋に入れてしまったのかもしれない。

あちこち探してみたがどうしても見つからなかった。路子はダイニングの椅子にへたり込んだ。自分でもびっくりするほど気持ちが落ち込んでいた。もうだめだ、もうだめだ。千尋は帰ってこないし、ゼリー型はなくなった。

またひとつ、浮かんでくる記憶があった。千尋が小学校一年のときの、はじめての遠足。普段は給食だから、その日、お弁当を持って行くことを、千尋は何日も前から楽しみにしていた。おにぎりと玉子焼きと小さい肉団子と、それにゼリーも入れてほしいと言い張った。溶けてしまうのが心配だったが、たしか五月のことで、このくらいの気温ならまだ大丈夫だろうと作ってやった。でも、お昼になってタッパーを開けてみたらやっぱり溶けてしまっていたらしい。家に帰ってきてから千尋はそのことを路子に報告したが、話しながらポロリと涙をこぼした。そんなに遠足でゼリーが食べたかったのかとおかしくなるやら、かわいそうになるやらで、路子は思わず娘を抱き寄せた。あの子は、あんなに可愛かったのに。

スマートフォンが鳴り出した。千尋だ。なんだろう、やっぱり予定を変えて帰ってくるとか？ 期待したらだめだと思いつつ電話を取ると、「あのさ、お願いがあるんだけど」と前置きもなく千尋は言った。

「星の絵本、沖縄の宿宛に送ってくれないかな」

「星の絵本？」

「ほら、六年生のときに買ってもらったやつ。3D眼鏡がついていて、立体的に見える……。沖縄って星がいっぱい見えそうだから」

やっぱりそんな用件か。そう思いながらも、あの本のことをまだ覚えていたのか、と意外にもなる。新聞で紹介されていたので取り寄せてみた、子供向けの天体の本だった。天体図が美しく、千尋よりも自分のほうが気に入ってよく眺めていた記憶がある。

沖縄のペンションーー千尋はそこに従業員として滞在するというーーの住所を伝え終わると、じゃあよろしくね、と千尋はあっさり電話を切った。腹が立つというよりはなんだか苦笑したいような気分になって、路子は娘の部屋へ行った。ときどき窓を開けて風を通し、掃除機をかけるほかは、娘が家を離れたときのままにしてある。

中学生のときからずっと使っている勉強机の横に細長い本棚があって、その最下段に星の絵本は差してあった。参考書と漫画本以外の蔵書が少ないから、簡単に見つかった。やっぱり苦笑しながら立ち上がって、路子はあっ、と声を上げた。ちょうど目の高さの段にゼリー型が置いてあった。それは漫画本を詰め込んだ段で、その前の空いたスペースに、ゼリー型が四つ並んでいる。

四つのそれぞれに、子供っぽい小物が入っていた。ハローキティの絵がついた絆創膏《ばんそうこう》、プラスチックの花がついたパッチン留め、動物の形のクリップ、ビーズの指輪。どれも見覚えがあるーーというか、それらを大事にしていたときの娘のことを覚えている。ビーズの指輪は路子が作ってやったものだった。

そしてこうして見つけてしまえば、娘の部屋に入るたびにこれらをいつも見ていた気がした。引越しのときに紛れてしまったと思っていたのは、千尋が持っていったからだったのか。ちゃっかり小物入れにして、お気に入りの可愛らしいものを納めて

――でもきっと本人にとっても、この棚はとっくに見慣れた風景の一部にすぎなくなっていて、ゼリー型を小物入れにしたことも、その中に入れたもののことも、もうすっかり忘れているだろう。

なぜか、また涙がこみ上げてきた。今度はがまんせず、路子はしばらくの間、ぐずぐずと思う様しゃくり上げていた。それから、星の絵本を持って部屋を出て、ティッシュで顔を拭った。気がついたら妙に気が晴れていた。

「おーい、坂上さん見つかったぞ」

勢い込んでどたどたと十志男が入ってきた。

「自分で帰ってきたらしい、奥さんとケンカして、家出してたんだって」

「なに、それ」

路子は笑った。じゃあ、呆けたわけではなかったのだ。そう思ったら、いっそう愉快になって、さっき泣いたばかりだというのにケラケラ笑ってしまった。まったくなあ。十志男も笑っている。やっぱり、ほっとしたのだろう。

「あれ、その本、どうするの」

テーブルの上の星の絵本に、十志男が気づいた。

「沖縄に送ってほしいんですって。沖縄は、星がよく見えるから」

「ああ、それはいいね」

夫の表情がまた一段やわらかくなったようだ。母娘は和解したらしいと、これも安心したのだろう。

本と一緒に、ゼリー型もひとつ送ってやろう。路子はそう思いつく。そうだ、あのビーズの指輪も。どういうつもりでそうしたのか、千尋はあれこれ勘ぐるかもしれない。少しは悩ませてやりたい。そのくらいいいだろう。LINEか電話で聞いてきたら、「あら、そんなもの入ってた?」ととぼけてやろう。

十志男が手を伸ばして、星の絵本をめくりはじめた。そのページの上に日差しが落ちて、斜めの模様を作っている。窓から入ってくる風が心地良かった。今日はいい天気だ、と路子はあらためて思った。

沖縄への荷物を梱包したら、ゼリー液を型に流し込もう。路子はそのことも決める。千尋の小物はいったん外へ出して、ゼリー型をきれいに洗って。ゼリーはみっつ出来上がる。私がふたつ、夫がひとつ食べればいい。

ピザカッターは笑う

一番乗りは詩歩だった。こんにちは、メリークリスマス。コートのフードから顔を出して、ニコッと笑う。自分が可愛いと知っている笑いかただ。べつに悪いことじゃない。娘たちには、なんなら女たちには誰でも、自分が可愛いと思っていてほしい。

メリークリスマス。俺は詩歩に挨拶を返してから、「翔太ーっ！」と二階にいる息子を呼んだ。

「詩歩ちゃん来たぞー！」

ややあって、息子が降りてきた。うちは一階が店舗で二階が自宅で、厨房の奥に階段がある。とんとんとんとん。軽やかな足音を聞いたとき、俺にはもうわかってしまった。長年、父親、それに洋食屋の親父をやっていれば、そういうことはわかるようになるものだ。

「よう」

俺の後ろで片手を上げる息子を、俺は振り返って眺めた。黒地に赤や黄色のドクロが散っているシャツ、ダメージデニム。たぶん今日のパーティのために小遣いをはたいて新調した服だろう。髪もワックスでセットしてやがる。

「ちょっと早すぎたかな」

翔太にではなく、俺に向かって、詩歩は言う。いんじゃね。俺の代わりに翔太が答えた。

「何かお手伝いすることありますか」

「じゃあ、皿でも並べといてよ。そこの棚にある、白いやつ」

「なんだよ親父、客に働かせんなよ」

あれは俺への文句というより詩歩へのアピールだ。詩歩がコートを脱ぐと、翔太はそれを受け取ってコート掛けに掛けてやり、結局、ふたりして仲良く皿を出しはじめた。詩歩の今日の出で立ちは、紺地に白のドット柄のワンピース。こちらも今日のために新調したのだろう。よく似合っている。翔太が、馬鹿丁寧に皿を並べながら、チラチラ詩歩を盗み見ているのがまるわかりだ。

どっちがどっちに告《こく》ったのやら。いつ告るのかと思っていたが、クリスマスに間に合わせたわけだ。たぶん、告ったのは翔太だな、と俺は思う。なんて言ったんだろうな、あいつ。

俺はカポナータを煮込んでいる鍋の前を離れ、オーブンを開けて、ローストチキンの具合を見た。今日、土曜日の午後二時から五時までは、高校生六人のクリスマスパーティで貸切りだ。隣駅にある公立高校に翔太が入学して以来、何かと利用してくれる——落としてくれる金額はそれなりであるにしても——ご常連様たちだから、今日は出血大サービスすることになっている。まあ簡単に言えば、息子の頼みを聞いてやったわけで、俺も人の親だということだ。

フリットの準備にかかろうかというところで、俺のデニムのポケットの中でスマホが鳴り出した。


「おう」

と俺は応答する。相手はマコト、俺の高校時代の——といっても俺たちはサボってばかりで、学校にいることは少なかったが——ダチだ。

「来週の件だけど、ひとり増えてもいい？　ミツルも来れるって」

「全然ＯＫ。いいじゃん、いいじゃん。あとは変更なし？　予定通り全員参加？」

来週は俺たちのクリスマスパーティ、というよりも二十四年ぶりの局所的同窓会がこの店で開催される。ずっと東京で働いていたマコトが今年の春からこっちに転勤になって、俺との付き合いが再開したことで、今回の企画に繋がった。

「うん。だから総勢八人になったのかな。俺だろ、ミツルだろ、シュンヤだろ、イチローだろ、マリコ、ルミ、ヨーコ……」

マコトが最後に「ナオミ」と言うのを聞いて、俺はようやくほっとした。なんで一番最後に言うんだ。

「プレゼント、もう買った？」

マコトが聞く。不惑越えの俺たちだって、もちろんクリスマスのプレゼント交換は実施するのだ。

「買ったよ」

「何買ったの？　俺、全然思いつかなくてさ」

「馬鹿野郎、言ったらつまんないだろ」

「えー、そんなに真剣に考えてんの」

そこで上司だか客だかが来たらしく、やべ、じゃあなとマコトは言って電話を切った。マコトは不動産屋で営業をやっている。開校以来の最低最悪の不良と言われた俺たちだが、今は全員ちゃんと更生して、定職についたり結婚したり親になったりしている。もちろんナオミだってそうだ。彼女は東京の下北沢にあるセレクトショップを、亭主と一緒に経営している。遅い結婚で、子供は小学六年の男の子と小学四年の女の子がいるそうだ。そのことを、俺はちゃんと知っていて――じつのところ、ググりまくってナオミの店のブログに行き当たって毎日チェックしたことによって知り得たわけだが――、良かったな、幸せそうで良かったな、と思っている。だからつまり――彼女は俺のはじめての女だし、二十四年ぶりの再会を俺は死ぬほど楽しみにしているわけだが、疚《やま》しい気持ちを抱いているわけではない。断じて、ない。

「ただいまー」

買い物を頼んでいた妻の麻恵《あさえ》が帰ってきた。俺はなぜか動揺して、「メリークリスマス」と返してしまい、妻に不審な顔をされた。

妻の後ろから、今日集まる残りのメンバーたちも入ってきた。剛介、潤、朋音、それに晴子。おじさん、こんちは。メリークリスマス。よろしくお願いしまあす。口々に挨拶する。晴子だけ、挨拶しそびれたようで黙っている。無理もない。クリスマスパーティの会場に来たら、翔太と詩歩が仲良く皿を並べているんだから、挨拶よりそっちに気が取られるだろう。ああ、切ない。切ないねえ。

晴子は仲間内で「はるべえ」と呼ばれている、小柄で童顔のおとなしい娘《こ》だ。ちょっと天然なところもあって、そこが面白がられて息子たちのグループに引っ張り込まれたというところだろう。俺のお気に入りの娘でもある。もちろんヘンな意味じゃない。バカな子ほど可愛いのと同じように、不器用な娘ほど応援したくなる、そういうことだ。

翔太は朋音に続いて、晴子のコートも預かってやっている（そういうところは俺の躾《しつけ》の賜物だ）。わー、はるべえ、可愛い。詩歩の声が響く。晴子はタートルネックのオレンジ色のニットワンピースという姿で、たしかに可愛い。胸元に小さいガラス製の樅《もみ》の木をくっつけている。そのブローチ可愛いー、どこのー？　と娘たちはきゃあきゃあ騒ぐ。が、翔太はといえば剛介たちと何かバカ話をしてゲラゲラ笑っていて、見向きもしない。晴子はちらちら翔太を窺っている。俺はいたたまれなくなって、料理に集中することにした。

生ハムとトマトとルッコラのサラダ。鱈とカリフラワーのフリット。キノコのグラタン。ローストチキン、それにピザ。それが今日のメニューだ。お子様向けのクリスマススペシャルコースだが、もちろん手を抜いたりはしない。麻布のリストランテで修行十年、ミラノのトラットリアで修行五年、生まれ育ったこの街に舞い戻り洋食屋を開いて七年のこの俺だ。

とくにピザには自信がある。独立して店を構えようというとき、ピッツェリアにするか最後まで迷ったほどだ。俺にとって特別な、思い出の食べものでもある。高校時代、年をごまかしてナオミとしけこんだラブホで、俺たちは事の後いつもピザを食べた。そういう注文ができるホテルだったのだ。そしてそのピザにはピザカッターが付いていた。赤い猿がバンザイしながら一輪車に乗っているやつだ。その車輪でピザをカットする仕組み。安っぽくて他愛《たあい》もない道具だったが、それを動かして俺とナオミは何度でも笑った。あの猿はあの頃の俺たちの、幸せの象徴みたいなものだった。そんなふたりがどうして別れてしまったのだろう。いや、理由ははっきりしていて俺が浮気したからなのだが、どうして俺は浮気なんてしてしまったのだろう。その女とも同じホテルに行きピザを注文し同じピザカッターでカットしたが、猿の顔はちっとも愉しげに見えなかったのに。

ふだんは店内に音楽を流さないが、今日は翔太が部屋から持ってきたスピーカーから、山下達郎やらワムやらユーミンやらの、ベタなクリスマスソングが流れている。ガキどもの宴もたけなわだ。アルコールは出していないが、ノンアルビールやノンアルワインでも、こいつらは酔うことができるんだろう。サラダとフリットの皿はあっという間に空になり、さっき出したばかりのグラタンの皿も風前の灯火だ。高校生の食欲おそるべし。

笑い声。おちょくる声。怒ったふりをする声。また笑い声。歌に合わせたハミング。とりあえずは晴子も笑っているようだ。青春だな。青春ってやつだな。俺は柄にもなくきゅんとする。それは来週「大人のクリスマスパーティ」を控えているせいもあるのだろうか。

「来週だっけ?」

不意に妻の声が耳元で響き、俺は思わず飛びすさった。いつの間に隣にいたんだ。

「え?　来週?　なにが?」

「そっちのクリスマスパーティ。っていうか何ビクビクしてるの?」

「ビクビクしてないよ。なんでビクビクする必要があるんだよ。うん、来週だよ。それがどうかしたのか」

「べつに。プレゼント、もう買ったのかなって思っただけ」

麻恵は俺を押しのけるようにして、チーズおろしを取り、パルミジャーノをおろしはじめた。ガリガリ。ゴリゴリ。チーズが削れる音がいつもより大きく聞こえる。

麻恵とは、俺が最初に勤めた店で出会った。ずっと支えてきてくれた。翔太を連れてミラノにもついてきてくれた。ミラノにいる間に体重が十キロ増えたが（ちなみに俺は二十キロ増）、今でもいい女だし、恋女房には変わりない。断じてそうだ。

「いいもんだよね、あれ、あれって」

麻恵はほうれん草を切りながら言う。ゆでて、チーズをまぶして、ローストチキンの付け合わせにするのだ。

「あれって」

俺はミートソースを混ぜながら聞いた。ピザに使うミートソースはじつのところもう出来上がっていて、混ぜる必要もないのだが。

「クリスマスのプレゼント交換。あたしたちの頃は、ひとり五百円以内とかだったな。他愛もないものしか買えないんだけど、それがまた楽しいんだよね。自分のが誰に当たるのか、誰のをもらえるのかって、ワクワクしたよね」

「お、おう……」

俺はミートソースをグルグル混ぜた。

「で？」

また麻恵が言った。チーズはもうおろし終わっただろう。なんでまだそこにいるんだ。

「え？」

「プレゼント、買ったの？」

なんでそんなにこだわるんだ。何か勘づいているのか。いや、それはないだろう。

麻恵は俺がやんちゃだったことは知っているが、ナオミのことは知らない。そりゃあ、麻恵と知り合う前に付き合った女たちがいることくらいは知っているが、その中のひとりが（それも、俺にとってスペシャルな女が）来週のクリスマスパーティに参加するなんて思ってもいないはずだ。いや、察知しているのか。いやいや。だとしたって、俺には疚しいところはない。何か期待しているわけでもない。

「買ったけど……」

だから俺は正直にそう答えた。

「けど、何？」

「いや、買った。買ったよ」

「何買ったの？」

「たいしたもんじゃないよ」

隠すつもりはなかったのに、俺はそう言ってしまった。麻恵はしばらく俺を見ていたが、俺がその続きを言わないものだから、肩をすくめるようにして、作業に戻った。まずい。まずいぞこれは。まるで疚しいプレゼントを買ったみたいじゃないか。それに会場はこの店だ。麻恵もその場にいるのだ。プレゼント交換も見るだろう。交換なのだから、九人で回すのだから、もちろん、アレがナオミの手元に渡るとはかぎらない。でも、ナオミがアレを目にしたときの顔を、妻は目撃するかもしれない。そうだ、なぜそれを考えなかったんだ。俺はナオミに、アレをプレゼントにした俺の気持ちに気づいてほしかったが、気づいたナオミに、妻は気づくかもしれない。それはだめだろう。

不意に歓声が上がり、ガキどもが窓辺に駆け寄った。なんだなんだ。一瞬、ナオミがあらわれたのかと思い、俺はまたぞろわたわたしたが、なんのことはない、白いものがちらちらと窓の外を舞っている、というだけのことだった。雪だ。雪だ。ホワイトクリスマスだ。ガキどもは浮かれている。可愛いもんだ。

「その冬最初の雪を一緒に見ると、恋が叶うんだよねー」

朋音が言った。今はそういう言い伝え？ があるのか。続く会話を聞いていると、どうやら人気の韓流ドラマの中にそういうシーンがあるらしい。マジ？ じゃあ電話しなきゃ、とか言ってるのは潤だ。誰に電話すんだよ、見栄はんなよ、と剛介。そして我が息子はといえば――。

うわあ。

詩歩と見つめ合ってやがる。

そしてそのふたりを、晴子が見ている。盗み見る、なんて余裕もないみたいで、食い入るように見ている。翔太と詩歩が両思いではない証拠を、なんとかして見つけようとしているのかもしれないし、一瞬でも、翔太が自分のほうを見てくれないかと一《いち》縷《る》の望みをかけているのかもしれない。

タイマーが鳴った。俺はオーブンを開け、旨そうに焼き上がったチキンを取り出した。麻恵とふたりして皿に盛りつけ、恭しく運んでいった。

歓声で迎えられた。雪のことはあっさりどうでもよくなったみたいだ。よしよし。

俺は一同の了解を得て、チキンを切り分けた。腹の中には米とドライフルーツが詰めてある。また歓声。願わくばこのチキンが、晴子の心を少しでも癒やしますように。

「ていうか、翔太と詩歩、ラブラブじゃねえ?」

その声が上がったのは、俺が厨房に戻ったタイミングだった。剛介のバカだ。

「なんか見つめ合ってるしー。さっきもそうだったしー。できてんじゃね?」

俺にはわかる。剛介は確信してるわけじゃなく、探っているのだ。そして、そうじゃなければいいなと思っているのだ。詩歩に惚れてるからというわけじゃなく、この居心地がいい男女混合グループが、居心地がいいぬるま湯のまま、未来永劫続けばいいいと思っているのだろう。

「やっぱりー？　そうだと思った」

次の声は朋音だった。こちらは、確信している声。自分が察知していることが事実であると証明されたがっている声。この年頃は女の子のほうが早く大人になる。なんなら女の子たちは、もうぬるま湯に飽きているのだろう。

さあ翔太と詩歩はどうするか。俺としては、もうしばらくはうまくごまかしてほしいところだったが、顔を見合わせてフフッと笑いやがった。幸せの絶頂という表情だ。少しは隠せよ。

「もうちょっと後で言おうと思ってたんだよな」

「ね」

キャーッと朋音が叫び、なんだよ、やっぱそういうことかよと剛介が状況を認め、ヒューヒュー、と潤が囃した。それで翔太と詩歩が付き合いはじめたという事実はもう一品の料理みたいにテーブルの上に載っかってしまった。朋音に先導されて剛介や潤も、いつからそういうことになったんだとか、どっちから告ったんだとか、どこまでいったんだとか質問をはじめて、芸能人カップルの婚約発表記者会見みたいな様相になってきた。

晴子は――ニコニコしながら頷いたり、手を叩いたりしている。彼女の絶望には誰も気がついていなくて、ガキどもめ、と俺は苛立つが、晴子にとってはそれは幸いなことなのだろう。

「おーい、ピザはもう出していいのか」

俺は、記者会見を中断させるべく、声をかけた。

「あっ、待って待って。先にプレゼント交換やるから」

翔太が答える。彼がスマホを操作して、スピーカーからは「真っ赤なお鼻のトナカイさんは……」という能天気な歌が流れ出した。

ガキどもはそれで翔太と詩歩とのことはあっさり脇へどかして――ガキどものガキどもたる所以だ――銘々用意したプレゼントの包みを取り出し、キャッキャと騒ぎながら曲に合わせて回しはじめた。たぶん千円以内くらいと決めたんだろう、小さな包みや大きな包み、いかにもクリスマスらしいきらびやかなラッピングや、自分で包んだのだろう不恰好な物体。俺はまた不覚にもきゅんとしてしまい、ピザの生地を捏《こ》ねながらそれらの行方をときどき目で追った。晴子が持ってきたのは、掌に収まるくらいの小さな四角い箱だった。金色に青い星を散らした包装紙に、赤いリボン。中身はなんだろう。

「あれは凝ってるねえ。きっと一生懸命選んだんだろうねえ」

妻が呟き、それが晴子のプレゼントのことだと、俺にはなぜかわかった。そう、わかったのだ。たぶん、夫婦を十七年間やっているせいだろう。

真っ赤なお鼻のトナカイさんの歌は何度かリピートされ、ぷつっと止まった。翔太が止めたのではなく、そういう設定にしてあったに違いないが、そのとき、翔太の前にあったのは晴子のプレゼントだった。

晴子に渡ったのは朋音ので、朋音には詩歩のが、詩歩には潤のが、潤には剛介のが、剛介には翔太のが渡った。俺はピザにトッピングしながら、その成り行きを観察した。

いっせいに包みを開けはじめる。酒落た缶入りのクッキーや、樅の木の柄のバンダナや、くまのプーさんのぬいぐるみや、インスタント韓国ラーメンいろいろや、ボードゲームやらがあらわれて、歓声、笑い声、呻き声、拍手が上がった。

翔太が開けた箱の中には、赤いハートが入っていた。なんだこれ、チョコレート？翔太がつまみ上げたそれは、キャンドルだった。小さな赤いハート型のキャンドルだ。ろうそくか、おしゃれじゃん。翔太が言うと、なんだよー翔太はもうハートいらねえじゃん、とすかさず潤が言って、笑い声が起きた。

「ちょうどよかったよ。ふたりで使って」

晴子は言った。あいかわらず、ニコニコしながら。ありがとう、はるべえ。詩歩が言った。

「あーあ」

俺は妻を見た。その嘆息は間違いなく妻から発せられていた。妻は俺を見て、目をぐるぐるさせた。俺たちの息子に晴子が寄せる想いに、麻恵も気がついていたのだ。あらためて考えれば、当然だ。俺と妻はいつもここで、俺が料理を作り彼女が補佐して、一緒にいたんだからな。俺が知っていることは麻恵も知っているんだ。麻恵もやっぱり今、息子の初恋の成就を寿ぎつつ、晴子のために心を痛めているんだ。

俺は窯からピザを取り出して皿にのせた。これ、運んでくれよと妻に頼んだ。そして自分は、厨房の奥の階段を駆け上がり、物置にしている二階の和室の、押入れの戸袋の奥に隠してあったアレを取り出した。店できれいに包んでもらったラッピングをはがして箱を開けると、赤い猿のピザカッターがニタニタしながらあらわれた。街の雑貨屋で偶然これを見つけたときの自分のうわあっと高揚した気持ちを思い出し、俺は頭を掻きながら、それを持って店に降りた。

妻が二枚目のピザをテーブルに置いたところだった。メリークリスマス。俺は大げさな身振りでそう言って、偶然、そこに置いたふうに、その猿を晴子の前に置いた。

「俺からのクリスマスプレゼント。ピザをカットしたあとは、ジャンケンでもなんでもして、誰かが持ってきな。翔太、デレついてんじゃねえぞ」

うっせえよ。翔太が言い返し、一同は笑った。晴子も。赤い猿を手に取って眺めている。ニタニタ笑いと向かい合って、晴子の微笑もほんの少し深くなったように見えた。

「どうしたの、あれ」

厨房に戻ると、麻恵が聞いた。

「買っといたんだよ、今日のために」

俺は答えた。ふうん。ちょっと疑わしそうに、妻は唇を尖らせた。ガキどもは猿のピザカッターを代わる代わる手にして、盛り上がっている。青春だな。青春ってやつだなと、俺はまた思う。告って成功するのも告らないまま失恋するのも、ひとしなみに青春だ。

とりあえず、来週のクリスマスパーティも楽しみだ。疚しいことは完全にマジでなくなった。ついでにクリスマスプレゼントもなくなったから、急いで何か探さなくちゃなと俺は思う。

コーヒーサーバーの冒険

チルは靴を履く。

水色の靴だ。年長さんに上がって足が大きくなって、買ってもらった靴。ピンク色のと水色のとがあって、水色がいいとチルが言った。ピンクのほうがいいんじゃない？とカカは何度も言ったけれど、チルは首を振った。カカ、つまりチルの母親は靴屋の店員から「今はそういう時代なんですねえ」と言われて苦笑したが、もちろんチルにはその言葉の意味はわからなかった。ただチルは、トオルちゃんとお揃いにしたかったのだ。トオルちゃんはゴールデンウィークにおじいちゃんの家に行って、近くの川でオタマジャクシをたくさんとってきて、チルにも三匹くれた。

チルは靴の中に足を押し込む。とうてい全部入らなさそうに思えるが、ちゃんと入る、ということはもうわかっている。つま先を思い切り奥まで入れて、靴のかかとのところを引っ張って、とんとんする。ほら、ちゃんと履けた。チルはもう「クック」

とは言わない。「くつ」と言う。「クック」なんて言うのは自分で靴が履けない小さい子だけだ。

チルは庭にいる。どうして玄関じゃなくて庭に靴があったかといえば、テラスの上に干してあったからだ。おととい、雨が降った後の庭で遊んで、泥んこになってしまったのを、カカが洗ってくれた。どうしてチルがひとりで庭にいるのかといえば、リビングの掃き出し窓の網戸が、少し開いていたからだ。この網戸には鍵が掛かるようになっていて、その鍵はチルの手が届かないところについている。窓を開けて網戸だけ閉めておくとき、カカは絶対に網戸に鍵を掛けるから、チルひとりでは開けられない。でも今日は、そうなっていなかった。チルは網戸と窓枠の間に隙間があるのを見つけて、そっと開けてみた。網戸はすうっと開いて、チルは簡単に庭に出ることができた。

庭といっても隣家との間を仕切る、廊下みたいな細長いスペースだ。物干し竿、カカが植えた花、それに水を張った火鉢がある。この火鉢はチルの母親が独身時代に古道具屋で手に入れたもので、当時は上にガラスの板を置いてテーブルにしていた。そういう来歴を、チルも何度か聞いたことがある。きちんと理解しているとはいえないが、「古道具屋」という言葉は覚えた。その言葉には「よその国」みたいなイメージがある。いつか行ってみたいと思っている。

ともあれ、その火鉢に張った水の中には、水草が揺らめき、三匹のオタマジャクシが泳いでいる。トオルちゃんからこの生きものをもらってきたとき、カカが物置から火鉢を引っ張り出して、この住処を作ってくれた。オタマジャクシの家だけれど、チルのオタマジャクシの家だ。庭に降りたチルは、だからまずそこへ行く。オタマジャクシたちが泳ぐのをしばらく眺める。そして、さあ、どうしよう。チルはこれまで、ひとりきりで家の外に出たことがなかった。オタマジャクシたちに餌をやるときだって、いつもカカかトトが一緒だった。でも、今日はひとり。今日しかできないことをしたい。

ふと見るとテラスに、コーヒーサーバーがぽつんと置かれていた。さっき朝ごはんをテラスで食べたからだろう。クロワッサン（チルは「クロアッサン」と発音する）、ソーセージとキャベツの炒めもの、チルの牛乳、それにコーヒーサーバーに入れたコーヒーなんかを、カカとトトがキッチンから運んできた。「いい陽気だねえ」「来週には蚊が出てくるな」「やっぱこの家、あたし好きだな」「そういえば来月更新だな」なんていう両親の会話を、チルは音楽のように聞いていた。

チルはコーヒーサーバーという言葉はまだ覚えていないが、「コーヒーの入れもの」だということは知っている。コーヒーは、チルはまだ飲んだことがない。子供には毒だと言われている。真っ黒で、焦げ臭い匂いがして、いかにも毒っぽいから、チルも飲みたいとは思わない。何歳になったら飲めるのかと聞いてみたことはある。十二歳かな、とカカは答えた。十二歳。それはチルにとって遙か彼方の未来だ。十二歳になったら、コーヒーを飲む。古道具屋にも行くかもしれない。そう考えると少しこわくなる。でもまだずっとずっと先のことだ、と自分に言い聞かせて安心する。

チルはコーヒーサーバーを手に取った。底のほうに少しコーヒーが残っていたが、手に触れなければ大丈夫だろう。それでも少しどきどきした。少し大人になったような気もした。武器を手に入れたようでもあって、チルは庭を門のほうへ歩いた。門にはかんぬきが掛かっていたが、これはチルでも開けることができる（トトと一緒に庭から外に出るときに、やらせてもらったことが何度かある。カカには内緒だ）。チルは門を開けて、外に出た。

網戸の鍵が開いていたのは、チルの母親、春香が腹を立てていたせいだった。テラスでの朝食を片付けているとき、春香のポケットのスマートフォンが鳴り出した。電話は仕事の相手からで、春香の夫の隆利に用事があったのだが、隆利のスマートフォンが繋がらないので、春香にかけてきたのだった。隆利のスマートフォンは充電が切れていたのだ。まだテラスの椅子に座っている夫に、春香は自分のスマートフォンを渡した。そして片付けを続行した。チルは自分の牛乳のコップを持って、春香にくっついて家の中に入ってきた。

スマートフォンを耳に当て、むずかしい顔をしている隆利の横顔を見ながら、春香はいやな予感がしていた。爽やかな晴天で気温もちょうどいい、はじまったばかりの五月の最後の日曜日が、危険にさらされていることを感じた。「チルちゃん、おりこうさんね」そう言って娘からコップを受け取ったことは覚えている。そして食器を洗いはじめたが、その辺りから怒りの予兆で頭の中がいっぱいだった。

「ちょっと事務所に行ってくる」

通話を終えて家の中に入ってきた隆利はやっぱりそう言った。夫婦と、もうひとりの独り身の男とで、デザイン事務所を構えている。今請け負っているわりと大きな仕事で、ミスがわかった。クライアントに見せる月曜日の朝一までに修正してほしい。そういう電話だったわけだが、そのミスの責任は独り身の男にある。しかし彼のスマートフォンが繋がらない。それでこっちにかけてきたのだった。具体的に予想していたわけではなかったが、その種のことだろうと考えていた通りだった。

「勇一をつかまえて、彼にやらせればいいいじゃない」

「あいつが休日に連絡取れないのは知ってるだろう」

そうなのだ、勇一というのはそういう男で、たとえ自分のミスだろうと、休日の仕事は断固拒否する。それで（たぶん、ミスが予想されるとき、あるいはミスに気がついたときには）スマートフォンの電源を切ってしまう。何度かそういうことがあったから、もう事務所を解散して夫婦ふたりで仕事をしたいと春香は思っていた。だが隆利が賛成しない。勇一は隆利の高校時代からの親友だからだ。それで夫はいつも勇一の仕事を被っている。被って、家庭のほうを犠牲にする。今日だって、買い物に行って川縁でお昼を食べて、道琉《みちる》がうまくお昼寝してくれたら、ネトフリで新作映画を観よう、という計画を立てていたのに、あっさり全部中止にしようとしている。

「おーい、カカさーん」

隆利が階段を降りてきた。恋人時代は「春香」と名前で呼んでいたのに、今は「カカさん」としか呼ばなくなったことにも腹が立つ（もっともこの件にかんしては、春香自身も娘の前では、夫を「トト」と呼んでいるし、ふたりきりのときは「ねえ」としか呼ばないが）。

「黒いファイルって事務所だっけ？」

「二階にあるよ」

隆利がいつも、「ちゃんと探さない」ことにも腹が立つ。洗いものの途中で水道を止めて、春香は夫と一緒に二階に上がった。さっき一瞬、最後にテラスから家の中に入った隆利が、ちゃんと網戸の鍵を掛けたかどうかを考えていた。何度言っても隆利はそれを忘れる。娘がひとりで外に出てしまうことの危険を、春香ほどには重大に考えていないのだ。コーヒーサーバーをテラスに置いてきたことにも気がついていた。あれを取りに行くついでに、網戸の鍵をたしかめればいい。そう思っていたのだが、二階に行ったときには忘れていた。もう一度勇一に電話してみればと言ったのに隆利が聞き入れなくて、ちょっとした言い争いになり、それでもやっぱり家を出て行く夫の背中を睨みつけながら、もう離婚してやろうかな、などと極端なことまで考えていたからだ。

もちろんチルは、ひとりで外に出たらいけないということは知っていた。外には車がいる。ひとさらいがいる。迷子になって帰れなくなる。だからお外に行くときは絶対にカカかトトと一緒よ、お約束よ。カカから、そう言われている。それでチルは、家の前の道を、そろそろと歩く。道には誰もいない。ひとさらいはいない。チルは振り返る。まだ家が見える。迷子にはならない。ひとさらいが来たら逃げて帰れる。

それに、チルは知っている。この道をずうっとまっすぐ行けば、左側にオーバーの家がある。いつもトトやカカと歩いていく。だからチルひとりでも行けるだろう。オーバーはチルがひとりで来たらびっくりするだろう。そしてほめてくれるだろう。そうだ、オーバーの家に行こう。

そう思ったら、チルの足取りは少しだけはやくなった。お隣の、加藤さんの家の前を歩いていく。低い金網に、いい匂いがする白い花をつけた草が巻きついている。加藤さんの家にはおじさんとおばさんと、大学に行っているお兄さんがいて、お兄さんは、道でトトやカカ（と一緒にいるチル）と会っても挨拶をしない。チルたちに気がつくとさっとスマホを取り出してそれを見ているふりをする（「ふりをする」というのはカカがトトに言ったことだ）。でも、すれ違うとき、一瞬だけちらりとチルたちのほうを見ることがある。そのときのお兄さんの顔が見たくて、チルはいつもお兄さんをじっと見てしまう。

加藤さんの家のお隣は永島さん。おじいさんとおばあさんが住んでいる。茶色いポメラニアンもいる（チルは「ポメラニヤン」と発音する）。おじいさんとおばあさんは、いつもふたりでポメラニアンを散歩させている。おじいさんはいつもリュックを背負っている。リュックの中には本が詰まっているらしい。おじいさんは背中が曲がってしまって、それをまっすぐに戻すために出かけるときはいつも重いリュックを背負っているらしい。チルも背中をピンと伸ばして歩かないと、ああなっちゃうよ、とトトは言う。この警告はチルにはとてもよく効いていて、チルは思い出すたびに背中を反らす（その姿勢は両親には「お腹を突き出している」ように見えているのだが）。

永島さんの家の敷地がもう少しで終わるというところで、チルは足を止めた。金網と道路の境目に何かが落ちている。しゃがんでみると、それは靴下だった。

白い靴下。足首のところで折れ曲がっていて、下になっている部分に何かの刺繍がある。落ちているものをなんでも触ってみるのは危ない、ということもチルは知っている。これはトオルちゃんから聞いた。爆弾がしかけてあったり、毒が染み込ませてあったりするからだ。トオルちゃんの友だちは、それで両足がなくなってしまったらしい。でもその子はまだ生きているらしい。外国に連れていかれて、いろんな装置を取り付けられて「実験」されているらしい。なんの実験？　とチルは聞いた。じゅうような、ひみつの実験、とトオルちゃんは言った。

というわけで、チルは手で触るのをやめて、コーヒーサーバーで靴下を動かした。折れている部分をどけると、足首の刺繍はヨットだということがわかった。チルはその上にあらためてコーヒーサーバーをのせて、ガラスの底を通してヨットを見た。水色の帆を張った、黄色い船体のヨットだった。チルはヨットに乗ったことがある。トオルちゃんにも、ほかのお友だちにもそう言った。実際にはチルが去年、春香の郷里に行ったときに乗ったのは、港から島へ渡る高速艇だったのだけれど。チルは高速艇という言葉を覚えていないし、あの船をヨットだと言うのを、悪いことだとは思っていない。

「道琉ちゃん、何してんの?」

突然、声が頭の上に降ってきた。びっくりして見上げると、トオルちゃんのお姉さんのマリちゃんだった。自転車に乗っている。マリちゃんは小学三年生だ。

「おばあちゃんちに行くの」

「ひとりで?」

「お母さんが待ってるの」

チルは嘘を吐いた。ちなみにチルは、家族以外の人と話すときにはカカを「お母さん」、トトを「お父さん」、「オーバー」を「おばあちゃん」と呼ぶ。

「これを届けに行くの」

チルはコーヒーサーバーをマリちゃんに見せた。へえー。マリちゃんがちょっと感心したような顔になったので、チルは得意になった。

「乗ってけば？」

「うん」

これはチルにとってはマリちゃんからの挑戦だった。マリちゃんは絶対、このことをトオルちゃんに話すだろう。だからチルは即答した。自転車の後ろに乗るのなんかこわくもなんともない、というふうに。チルはいつもカカの自転車の後ろに乗っている。でも、補助椅子とヘルメットなしで乗るのははじめてだった。

マリちゃんの自転車はカカのよりずっと小さかった。コーヒーサーバーは前のカゴに入れてもらった。自転車が動かないようにマリちゃんが足を踏ん張ってくれて、チルは荷台に跨った。

「足はそこの出っ張ったとこ、そうそこ、そこにのせて、絶対動かさないで」

マリちゃんからこわい指令が飛んだ。

「ぎゅってして。絶対離さないで」

チルはマリちゃんに抱きついた。マリちゃんのTシャツは汗で背中に貼りついていて、甘い匂いがした。チルは早々に降りたくなっていたけれど、そのことをどう伝えようか迷っているうちに、

「行くよ、ＯＫ？」

とマリちゃんが言った。

「ＯＫ」

とチルは言った。大人みたいに聞かれたのが嬉しかったのだ。ＯＫ、という言葉を口にしたのは生まれてはじめてだった。

麻里はペダルを踏み込んだ。それまではなかった抵抗を感じ、それをねじ伏せるようにして体重を掛けると、ペダルは下がり、自転車はすうっと前に進んだ。その瞬間が好きだった。これは春香が聞いたら卒倒しそうな事実だけれど、麻里が補助輪なしで自転車に乗れるようになったのはひと月も前のことではない。公園内という制約付きで、弟の透《とおる》を後ろに乗せて走りはじめたのが一週間前。道路では絶対ダメと言われているが、辺りには誰もいないし、道琉ちゃんのおばあさんの家まではまっすぐな道だし、「ＯＫ」だろう、と麻里は思う。公園はぐるぐる回らなければならないが、道路なら真っ直ぐ走れる。スピードも出せる。麻里はそれがやってみたかったのだった。

自転車はぐんぐん進んだ。チルはマリちゃんにぎゅっとしがみついた。言われるまでもない。でも、恐怖と不安より爽快さのほうが優ってきた。爽快さ——いや痛快さだ。ヘルメットを被っていないから、髪が風にはためいた。耳に風があたってすうすうした。それはチルに言わせれば大人の感覚だった。

「道琉ちゃん、コーヒー飲めるの？」

マリちゃんが聞いた。

「飲める」

とチルは嘘を吐いた。

「えー、ほんとう？　お砂糖もミルクもなしで飲める？」

「うん」

とチルは答えた。


道琉は？

と、そのとき春香はふと思った。

黒いファイルをリュックに入れて、隆利はロードバイクに飛び乗って走り去った。春香は頭にきていたので、夫を見送らなかった。キッチンに戻って洗いものをすませたとき、いつもの日曜日であれば足元にまとわりついているはずの娘がいないことに気がついた。

まあ、そういうこともあるだろう。和室で絵本をめくっているのかもしれない。トイレかも。しばらく前から、用を足すときに母親を呼ばなくなった。トレーニングパンツを履いていたのはついこの間——いや、オムツをしていたのだって、私の胸に吸いついていたのだってほんのちょっと前に思えるのに。ようするに娘は日々、ものすごいスピードで成長しているのだから、先週の日曜日にはここにいたとしたって、今日、ここにいる保証にはならないだろう。

芽生えた微かな不安を、春香はそんなふうに片付けながら、コーヒーサーバーのことを思い出して、リビングへ向かった。網戸が開いていることに気がついたのはこのときだった。隆利がやっぱり鍵を掛け忘れたのだ。んもう。夫への腹立ちをもう一段階膨らませながら、鍵だけでなく、網戸が三十センチくらい開いていることが気になった。ちょうど道琉が通れるくらいだ。まさか。

「道琉?」

テラスに出て、春香は呼んだ——狭い庭なのだから、首を左右に動かせば、娘の姿がないのは一目瞭然だったが。いや、娘は家の中にいるのだろう。この網戸は隆利が家の中に入るときに開けたのだ。そして曖昧に閉めた。きっとそうだ。それから春香は、コーヒーサーバーが見当たらないことに気がついた。いやな予感が膨らんできた。いや、サーバーは隆利が家の中に持って入ったのだろう。そしてどこかにポイと置いた。そういうことだ。

「道琉！　チルちゃーん！」

春香は家の中に入って娘を呼んだ。呼びかけは叫びになって、家の中を探し回った。和室にはいない。トイレにも。キッチンにも。二階にもいない。どこにもいない。

春香は再度庭に出た。さっきは気がつかなかったことに気がついた。干していた靴がない。小さな水色の運動靴。テラスの下を覗き込む。ない。頭がわんわんしてきた。この感覚には覚えがある。父親が体調を崩して、病院に行って、検査を受けて、検査を受けて、検査を受けて、病名がわかって、その三カ月後に死んだとき。針の先ほどの黒い予感が次第に大きくなっていって、まさか、まさか、まさか、そんなことあるはずないと思いながら、幸福だった家族が、その黒に塗りつぶされていったとき。だめ、そんなことを考えては。これは違う。あれとは違う。

「チルーーッ！」

春香はつっかけを履いて庭に降りた。門も開いている。チルが外に出たのは間違いない。いつだろう。どっちに行ったのだろう。家を出て左側は緩くカーブした一本道だ。娘の姿はない。右側へ駆け、角から左右を見渡す。いない。どこを探せばいいのだろう。どう探せばいいのだろう。ひとりで歩いていったのだろうか。そんなに遠くに行けるものだろうか。見つかるはずだ、戻ってくるはずだ、子供の足で歩いていったのならば。連れ去られていないのならば。だめ、そんなことを考えては。

ついさっきだったのに。膨らんでくる涙をこぼすまいと（だって泣くなんて不吉だから）目を大きく見開きながら、春香は思った。テラスで親子三人で朝食を食べたのはついさっきのことだったのに。初夏の風が気持ち良くて、道琉は口の周りを白くして牛乳を飲んでいて、その様が可愛くて隆利と顔を見合わせて笑って、隆利がコーヒーサーバーに手を伸ばして、コーヒーのおかわりを注いでくれて。

コーヒーサーバー。春香は、それも見当たらないことを思い出す。一瞬、道琉よりさきにコーヒーサーバーを見つけなければ、という考えが浮かぶ。それさえ見つければ、娘が戻ってくるように思えて。あのサーバーは結婚祝いで、当時まだ隆利とともに勤めていた広告代理店の同僚たちから贈られたコーヒーメーカーのものだ。結婚以来六年間、壊れもせず不調になることもなく、毎日ずっと稼働している。ずっとそうだと思っていた。なくなるなんて思いもしなかった。

キュウッ、という音を立てて自転車は止まった。

「ここでいい？」

とマリちゃんが言った。オーバーの家の前ではない。もっと手前だ。

麻里は、チルの祖母に会うことを避けたのだった。ふたり乗りしてきたことを怒られるかもしれないと思ったのだ。それにこれほどの距離を漕いでくると、後ろの重さが邪魔になってきた。早くひとりで漕ぎたい。爽快に走りたい。

「ほらあそこ、あの青いお花が飛び出してるところが道琉ちゃんのおばあちゃんのおうちだから。わかるでしょ？　行けるでしょ？」

チルは頷いて自転車から降りた。マリちゃんは前カゴからコーヒーサーバーを取り出して渡してくれた。じゃあね、バイバイ。あっという間にマリちゃんは走りだし、オーバーの家の前を通り過ぎて見えなくなった。

チルはコーヒーサーバーを右手に持って、取り残された。

あの青いお花が飛び出しているところがオーバーのおうち。もちろんわかっている。青いお花は「サルビア」というお花で、この前オーバーの家に行ったとき、摘んで家に持って帰った。チルがハサミで茎を切ったのだ。だからあそこは、間違いなくオーバーの家。そう考えるのに、なんだか違うような気がしている。自分が今立っているところが、オーバーの家に繋がる道じゃなく、通ったことのない、全然知らない道である感じがする。あの青いお花が咲いている家には、オーバーじゃないおばあさんがいるように思える。チルが呼び鈴を押したらドアが開いて、チルが知らない、こわい顔のおばあさんが出てきて、そして――。

チルは後ろを振り返った。オーバーの家が知らない家に見えるように、来た道も知らない道のようだった。知らない道を戻っても、チルの家には帰れない。チルはもう帰れない。

チルは声を上げて泣き出した。チルの祖母の多加子が家から出てくるのとほぼ同時だった。春香から電話があって、慌てて孫娘を探しに出てきたのだ。子供の泣き声が聞こえて、そちらを見ると、道琉がいた。片手に、何かをぶら提げている。

多加子は安堵の溜息を吐きながら、持ってきたスマートフォンで春香に電話した。春香は隆利への連絡を終えて、祖母の家とは真逆の方向に走っていたところだった。すぐに方向転換して、こちらに走ってくるだろう。そしてチルとコーヒーサーバーに再会するだろう。チルはもちろん叱られるけれど、チルも春香も（それに多加子も）泣いているせいで、そんなにひどくは叱られないだろう。

それから春香はチルの手をしっかり握って家に帰って、コーヒーサーバーをコーヒーメーカーにセットして、コーヒーを淹れるだろう。チルにはとっておきの（ちょっと高い）百パーセントフレッシュマンゴージュースを飲ませてくれるだろう。隆利は仕事を放り出して家に戻っている途中で、春香から「道琉確保」の連絡を受けた。だが事務所に引き返すことはせずに、自宅目指してロードバイクを漕いでいた。とにかく娘の顔が見たかったのだ。

隆利が家に着き「道琉!」と叫びながらドアを開けると、家の中にはコーヒーの香りが漂っているだろう。「飲むでしょ?」と春香が、夫の泣き顔を見られることを期待しながら聞くだろう。チルはといえば、もうすっかり泣き止んで、おいしいマンゴージュースをちびちび飲みながら、これ全部飲み終わったら、カカはもう一杯注いでくれるかな、トトに頼めば許してもらえるかな、なんてことを考えているかもしれない。

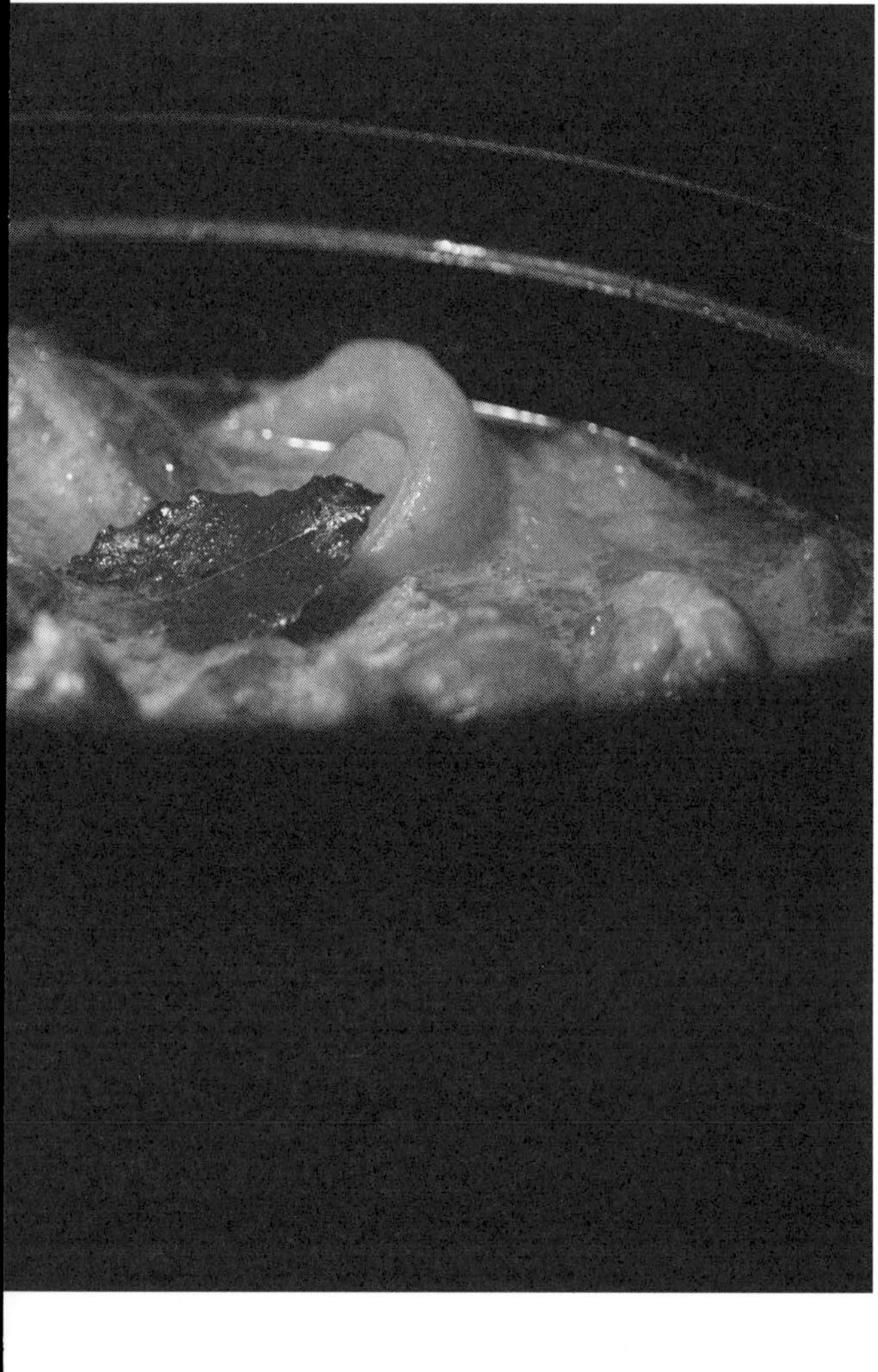

あのときの鉄鍋

吉祥寺の駅前はすっかり様変わりしていた。

午後一時。甲府も暑いが、ここも同じくらい暑い。ロータリーを探してうろうろした後、三千枝はようやく目当てのバスに乗り込んだ。車窓の景色に目を凝らし、かつての面影を探しながら、降りる停留所の名前を口の中で唱えた。

建売住宅ばかりになった一画に、古い二階家だけが当時のままに佇んでいた。玄関の鍵は学生時代にいつもそうだったように開いていて、三和土《たたき》に並んだ靴の数からすると、三千枝が最後の来訪者であるようだった。

「こんにちはー」

奥に向かって声をかけて、汗を拭いながら三千枝は廊下を進んだ。家の中も記憶のままだった。薄暗くて、表ほどには暑くない。懐かしい匂いがした。この家の匂い――あるいは、この家の住人だった大槻湊《おおつきみなと》の匂い。行く手に、ひょこっと顔があらわれた。

「三千枝?」

「わあ。恵理?」

かつてたむろしていた部屋に、みんな集まっていた。恵理。純子。好之に圭一。映画サークル「勝手にしやがれ」のメンバーたち。大学卒業後数年の間は、一年に一度くらい会っていたが、それぞれの人生が動き出すにつれ疎遠になって、最後に会ったのは三千枝の結婚式だったから、三十年ぶりの再会だった。もう全員、還暦を迎えているのだ。

「みんな、全然変わってないじゃない」

三千枝が声を上げると、

「みんなそう言うんだよね」

「大人のマナーだね」

と、皺の中に目鼻立ちがぼやけた顔から、口々に声が返ってきた。実際のところ、「全然変わってない」はずもないのだが、仲間同士の空気は易々と昔に戻っていくようだった。

部屋の中も、昔とちっとも変わっていなかった。壁という壁を埋める本棚、その本棚にぎゅうぎゅうに詰め込まれ、ところどころで溢れている本とＤＶＤとＣＤ。半分壊れかけたようなエアコンが――まさかあの頃のままじゃないよね、と言い合ったが――、カタカタと不穏な音を立てて弱々しい冷気を吐き出している。

「お線香は……あげられないのよね」

「ここに写真があるよ」

ある本棚の中ほどに、ハガキ大のモノクロのポートレートが、木の額に入れて置かれていた。つい最近の写真のように見える。学生時代と同じ、耳の下までの長髪はほぼ白で、初老の顔で愉快そうに笑っている。こんな顔を、かつての湊はなかなか他人に見せなかった。

「これ、誰が飾ったの？」

「来たときにはあったよ。自分で用意しておいたんじゃないの」

「湊のことだから、そうかもね」

ひと月ほど前に、湊は肺がんで亡くなった。ずっと連絡を取っていなかったから、メンバーたちはみんな、彼が病気になったことも知らなかった。

湊は大学卒業後、幾つかの会社を転々としたのち、映画評論家になった。それだけでは食べてはいけずにバイトもしていたようだが、週刊誌やネット上の映画評のコーナーで、彼の名前をときどき見かけることはあった。自分の死期を悟ったとき、本とDVDの膨大なコレクションを、サークルの同期たちに譲りたい、と遺言したらしい。それで今日、集まれる者がここに集まったのだった。これも湊の遺言で、通夜も葬式も行われなかったから、今日がその代わりのようなものでもあった。

当時サークルの部長だった好之に、湊の死と遺言を伝えるために連絡してきたのは、週刊誌で湊の映画評の連載を担当していたという編集者だった。その人も、もうすぐここへ来るらしい。

「何やってるのよ、さっさと死んじゃって……。早すぎるわよ」

三千枝は写真に向かって手を合わせ、呟いた。ほかのメンバーとはたぶんべつの、甘苦い思いが三千枝にはあった。

もの静かな男だった。

朗読でもしているような口調で、淡々と、自分が観た映画への感動、ときには失望を語った。誰かに反論されると「えー?」と言って困ったように薄く笑った。それ以上、言い返すことはなかった。ドアをそっと閉めるように、自分の中に閉じこもってしまう。付き合いは悪く、上映会も飲み会も合宿も、気が向かなければ来なかった。といって、気むずかしいというわけでもなくて、上級生からも下級生からも好かれていた。対人間というより、対動物みたいにみんな彼を扱っていたようにも思う。湊が笑ったりめずらしく長く喋ったりすると、懐きにくい動物が懐いたみたいで嬉しかった。

ほかのメンバー同様に、三千枝がこの家に来たのは大学卒業以来ということになっている。でも実際は、結婚して間もない頃に、湊を訪ねて来たことがあった。訪ねたというか、押しかけた。甲府の家を飛び出して中央線に乗り、吉祥寺で降りて駅前から湊に電話をかけたのだった。

あれは冬だった。冬の曇天。そう記憶しているのだが、それはあの日というよりは、あの頃の気分が、いつもそんなふうだった、ということなのかもしれない。三千枝は三十歳で結婚した。就職してすぐ交際をはじめた同期入社の男に裏切られ（彼は学生時代からの恋人と三千枝に二股をかけていた）、喫茶店で声をかけてきた男に縋《すが》ってしまった。それが夫の琢也だ。二股男から早晩プロポーズされると信じていたのがご破算になって、結婚を焦る気持ちもあったのだ、とあとになって考えた。

この人は絶対に裏切らない。そう確信して結婚したのに、結婚後は、裏切らないからどうだっていうの、と度々思うようになった。琢也とは映画の話も本の話もできなかった。趣味といえるのは囲碁だけの人だった。やさしくて鷹揚なところを愛せると思っていたが、それはようするに私にほとんど関心がないせいなのではないか、と三千枝は考えるようになっていった。結婚した当初は三鷹市のマンション住まいだったが、夫の転勤に伴って甲府へ引越すことになり、夏は暑く冬は寒い盆地に、閉じ込められたような心地になった。

三千枝は食べることが好きで、料理も得意だったが、何を作っても琢也は文句も言わない代わりにおいしいとも言わなかった。ある日、三千枝はスペアリブと玉ねぎの煮込みを作った。会心の出来栄えで、おいしいスープがたくさん余ったから、翌日は大根やジャガイモを入れておでんふうの一品にしようと考えていた。そのスープを、琢也が捨てた。明け方喉が渇いてキッチンに水を飲みに降りて来たときに、「鍋に残りものが入ったままで汚いと思って」中身をシンクに流したのだと、むしろ得意げに報告した。三千枝はものも言わずに家を出た。

そうして、向かった先が、大槻湊の家だったのだ。

「〝ラ・スクムーン〟があるよ。ほしい人?」

誰も手を挙げなかったから、三千枝が手を挙げた。それで、「ベルモンド関係は三千枝ね」ということになる。ゴダールも全部もらえることになり、ヴィスコンティは好之、タルコフスキーは圭一、アルモドバルは純子、コーエン兄弟は恵理。学生時代なら奪い合いにもなったかもしれないが、今はむしろ譲り合うようにして淡々と決まっていく。湊の形見と思えば手元に置いておきたいけれど、ネット配信で古い映画の多くを観られる今、かさばるDVDを大量には持ち帰りたくない、というところだろうか。実際のところ、あの頃ほどに映画に夢中なメンバーはいないだろう。それが歳月というものだ、と三千枝は思った。

「暑いわね」

と言い訳のように呟いて、立ち上がった。廊下を隔てた向こうの、狭いキッチンに向かう。

ここは意外にすっきりしていた。以前はさっきの和室同様、食器と調理器具と調味料とスパイス類、瓶詰め類が所狭しと詰め込まれていたが、今はそれぞれ整理されて、いかにも料理がしやすそうだ。ずっとひとり暮らしで、家政婦を雇う余裕などもなかったはずだが、きれい好きの誰かの手が入っていることが感じられる。湊は学生時代から、料理の腕前は玄人はだしだった。学生時代にときどき私たちにふるまってくれたように、晩年も誰かのために料理するということはあったのだろうか。このキッチンの様子からして、ほとんど一緒に暮らしていた人がいるようにも思えるけれど——。

あるものを見つけるために、三千枝はここまで来たのだった。そうして、それはすぐに見つかった。調理台代わりの木製の棚の二段目に、ほかの鍋やフライパンと一緒に収まっていた。フランス製の鉄の鍋。いろんなサイズがあるのだが、この鍋は十九センチのオーバル型で、三千枝が持っているのと同じものだ。

三千枝の鍋は、結婚祝いに湊から贈られたものだった。ほかのメンバーとともに湊のことも、結婚披露宴に招待したのだが、湊からは欠席の返事が来た。その代わりに、お祝いの手紙と、この鍋が送られてきたのだった。

そのことに、あの頃の三千枝は特別な意味を感じていた。いや──夫に失望するとともに、湊が結婚式に来ないで鍋を送ってきたことに、特別な意味を付加するようになっていった。家出のきっかけになったスペアリブと玉ねぎの煮込みは、その鉄鍋で作った。あの日の自分の怒りと失望、いっそ絶望には、夫が捨ててしまったスープが鉄鍋に入っていたことも関係していたのだろう、と三千枝は思う。

「ごめん。お願い。しばらくいさせて」

あの日、家出してこの家に辿り着いた三千枝が懇願すると、

「えー?」

と湊はやはり返して、薄く笑った。そのときはドアを閉めずに三千枝を家の中に入

れてくれた。うすら寒い昼下がり。家出の理由を聞かれたので、夫がスープを捨ててしまったのだと三千枝は言った。「えー?」と湊はまた微笑したが、それでどうしてここへ来たのだとは湊は聞かなかったから、そのスープが鉄鍋に入っていたことは三千枝は言わなかった。

それからずっと、映画の話をした。缶ビールを家にあるだけ飲み、そのあとは「とっておき」だという赤ワインを開けてくれた。日が暮れると、ごはんを炊き、野菜炒めと味噌汁を作ってくれて、ふたりで食べた。食後の食器を台所へ運ぶのを手伝ったとき、床の上に直置きされた鍋の中に、自分がもらったのと同じ鉄鍋があるのを三千枝は見つけたのだった。お揃いの鍋を贈ってくれたんだ。そう思い、あらためて心が騒《ざわ》めくのを感じた。でも――それだけだった。そのあとはまたずっと映画の話ばかりしていた。最初に空けたものより安いワインをちびちび飲み続けたが、湊が一定以上は酔わないようにしようと――というか、三千枝を酔わせないようにしようと――気をつけていることがわかった。夜が更けて、三千枝がトイレに行って戻ってくると、酒とグラスは片付けられ、それらが置いてあった場所に布団が敷かれていた。部屋はここだけだし布団はひと組しかないから、自分はキッチンで寝ると言って湊は部屋を出て行った。それこそ、目の前でドアをそっと、でも確実に閉じられたようで、三千枝はそこから動くことができなかった。

それで翌日、駅まで送られ、家出はあっけなく終わった。学生時代の友人の家に泊まっていたという説明を夫はあっさり受け入れ、日常は易々と戻り、戻ってしまえば、あれしきのことで家出したのがばかばかしく、湊に対しての自分の気持ちも、一過性の風邪みたいなものに思えた。

でも、もしあの夜、何かが起きていたら。それはその後の人生で、度々三千枝の頭を過《よ》ぎったことだった。今もそれを考えている。あの夜、湊と男女の関係になったら、今とはまるでべつの人生を私は歩いていただろうか。三十年ぶりにこの家に来るのではなく、私がこの家でメンバーたちの訪れを待っていたりしたのだろうか。

呼び鈴が鳴った。

みんなで一瞬、顔を見合わせたのは、何か不意を突かれた感じがあったからだった。湊じゃないよね？　と恵理が冗談を言ったが、同じことを三千枝も思った。

好之が玄関へ行き、男性と一緒に戻ってきた。それで、編集者が来るはずだったことをみんな思い出した。城之内と名乗ったその人は、七十がらみで、背が高く、あまり多くは残っていない髪は真っ白だった。銀縁眼鏡の奥の目を細めて挨拶した。こちらもそれぞれ自己紹介し――城之内氏が、各人の名前を覚えられたとは思えなかったが――しばらくその部屋でDVDの配分を続けた。城之内氏はその混沌とした部屋のどこに何があるかを完璧に把握しているうえに、映画にかんしても博識で、知られざる名作を部屋の隅々から発掘してくれた。

「器もたくさんあるんですよ。よかったら持っていってください」

DVDが一段落すると、城之内氏に先導されて、ぞろぞろとキッチンへ行った。この棚にあるもの、どれでも好きなのを持っていっていいですよ。促されるまま手に取るたびに、それは古伊万里だとか、フランスのスリップウェアですとか、やっぱり城之内氏がてきぱきと説明した。あらためて眺めてみれば、コツコツと集めたのであろう趣味性の濃い器ばかりだった。学生時代の湊にも、そのあと会ったときにも、器にかんしてはここまでのこだわりは見えなかった。そのあとに傾倒する歳月があったのか。城之内氏の影響があったのではないか、このキッチンをこんなふうに整えたのは城之内氏ではないのだろうか、と三千枝は感じた。

みんな、やっぱり遠慮がちに、さほど値が張らなさそうな小皿や小鉢を選んでいる。あの鉄鍋がほしい、と言ったらへんに思われるだろうか。いや、鉄鍋を持っているのに同じものをもうひとつ持って帰ったら、夫がへんに思うだろう。三千枝はそんなふうに考えながら、なんとなく城之内氏のほうを見た。城之内氏はキッチンの入口に、みんなに背を向けて立っていた。その背中が何かを訴えているように見えて、三千枝は彼に近づいた。

「あの……城之内さんは、よろしいんですか」

「え?」

ビクッとして振り返った城之内氏の顔を見て、三千枝のほうもぎょっとなった。彼が鼻を真っ赤にして目に涙を溜めていたからだ。すみません、と三千枝はとっさに謝ってしまった。

「いえ……なんだか、ここにいると思い出すことが多くてね」

城之内氏は子供のように両手で目を拭いながら言った。

「器やDVD……、城之内さんも何かお選びになったらいかがですか」

「僕はもう、残りもので十分」

泣きはらした顔で城之内氏は微笑んだ。

「この家を譲り受けてしまったのでね」

「あ、そうなんですか」

「ご存知かもしれないけど、元々は彼の叔母夫婦の家なんです。地方で暮らしていた彼らが順番に亡くなって、五年前に正式に彼のものになって。で、彼が亡くなって、今の所有者は僕なんです。そういう約束をさせられて。まったく、こんなボロ家を押しつけやがって……」

そこで城之内氏は涙声になった。あらたな涙が、瞼を膨らませている。

「おかげで、うっかり死ぬこともできなくなりました。生きている間は、ここで暮らさなきゃならない」

三千枝は頷いた。ああ、そうか、そういうことかと、いろんなことが腑に落ちた。水が流れて、体の隅々の澱《おり》をやわらかく洗い流していくような感触があった。

夕刻、「勝手にしやがれ」のメンバーたちは大槻湊の家を出た。

城之内氏はまだしばらくここにいると言い、家の外まで出てきて手を振って見送ってくれた。そうだったんだね、そういうことなんだねという話を、バス停までの道々にやはりした。きっとそれぞれの胸の中で、流れて落ちていくものがあるだろう。私と同じように、今日来てよかったと、みんなも思っているだろうと三千枝は思った。

吉祥寺駅で、下り電車に乗るのは三千枝だけだった。じゃあね。また近く会おうね。LINEのグループ作ろう。連絡するよ。そんな言葉を交わして、幾つ実現するだろうと寂しいような可笑しいような気持ちでそれぞれのホームに分かれた。空いていたベンチに座り、立川駅発の特急の時間を調べはじめたとき、スマートフォンが鳴り出した。

「まだ、かかりそう？」

琢也だった。日が暮れて来たせいだろうか、なんだか心細そうな声に聞こえた。地元のハウスメーカーを勤め上げた夫は、今は隣市のショールームに支店長として通っているが、今日は休みで、朝から家にいる。

「終わったわ。今、吉祥寺のホーム。五時二十四分のあずさに乗れそう」

「じゃあ、七時前には家に着くな。夕飯、食べるだろ？　作っておくから」

「ありがとう。今夜は何かしら」

「それは帰ってからのお楽しみ」

気をつけて、と琢也が言って通話は終わった。定年の少し前から、本人が言い出して週末の夕食は彼の担当ということになっている。会社でそんな話になったか、ネットで何か見たりしたかで突然そういう気持ちになったらしい。最初は不安と面倒くささしかなくて、どうせ一、二回やってみて終わるのだろうとタカをくくってもいたのだが、意外に続いて、続くにつれ、レシピ本と首っぴきではあるにせよ、おいしいものを拵えるようになった。それは帰ってからのお楽しみ。さっきの夫の口調を思い出して、三千枝はクスッと笑った。三十年前には何も考えずに鉄鍋のスープを捨てた人がねえ……と思ったのだ。あの日、もしも家出したまま戻らなかったら、こんな日が来ることは知らないままだったわけだ。あの日、湊と一晩中映画の話ばかりして、うすら寂しい気持ちで翌日、家に戻ったあとに、歳月が経ち、私は今、夫が作る料理を楽しみに家に帰ろうとしているのだ、と三千枝は不思議な気持ちで考えた。

「ただいま」

家に戻ったときにはすっかり暗くなっていて、ポーチのダウンライトが灯っていた。ドアを開けると、いい匂いがした。トマトを使った煮込みだろうか。

「おかえり」

琢也はキッチンでまだ何かバタバタ奮闘していて、声だけで応じた。

三千枝が二階で着替えてダイニングに戻ると、もうテーブルは整っていた。グリーンサラダ、マッシュポテト、骨つきの鶏モモ肉のトマト煮込み。トマト煮込みはあの鉄鍋の中でグツグツしていて、テーブルの中央に鎮座している。切ったバゲットをのせた皿があり、赤ワインまで用意してある。

「すごいわね。何かのお祝いみたい」

「煮込みに赤ワインを使ったんだよ。どうせならと、ちょっといいやつを買ったんだ」

琢也が恭しくグラスに注いでくれて、乾杯した。この人、まるで今日の私の心の中を、何もかも知っているみたい、と三千枝は思う。そんなはずもないけれど、湊の逝去の連絡を受けた日から今朝までの私の様子から、何か察するものはあったのかもしれない。三十年あまり一緒に暮らしていれば、そういう勘も働くようになる——私だってそうだ。

「おいしい。また腕が上がったわね」

三千枝は本心からそう言った。

「レシピ本の選びかたが上達したんだな」

琢也はまんざらでもなさそうに笑う。

「ソースが残ったら、明日の昼にパスタにするよ」

三千枝はそこでまたクスクス笑ってしまった。

それから、持ち帰ったもののことを思い出して、立ち上がった。少し古いフランスのものだという洋皿を二枚選んだのだった。明日のパスタは、あの皿に盛りつけたら素敵だろう。ＤＶＤも夫に見せてみよう。最近はときどき、夕食後にふたりで映画鑑賞することもある。

鉄鍋をあの家に置いてきてよかったと思う。ふたつも必要ない。あの鉄鍋は、城之内氏が大切に使うだろう。

あのときの鉄鍋

水餃子の机

水餃子は家族みんなの好物だった。

皮から手作りする水餃子だ。両親が新婚時代に旅先でたまたま入った店のそれがあまりにもおいしかったから、頼み込んでレシピを教わり、以後、母が作るようになった。母は料理上手だった。

父は建築家だった。僕らが育った家は父の設計で、母のために、キッチンが広々と取られていた。その真ん中に、木製の調理台があった。もとは父が学生時代に使っていたもので、本式の製図机やデンマーク製の両袖机を持つようになっても、手放しがたく思っていたのを、母が引き受けたということらしい。

その机の上で母は水餃子の皮を捏《こ》ねた。ほかにその机を使うのは、熱い土鍋を仮置きするときくらいだったから、ほとんど水餃子専用と言ってよかった。母はまず、これも専用の大きめの俎板《まないた》を机の上に置く。その上に粉を撒《ま》き、水を加えてまとめた小麦粉の塊を打ち付ける。

母が打ち付け、打ち付けたものを腰を入れて捏ねるたび、古い机はガタガタ、ギシギシと旺盛《おうせい》な音を立てた。僕ら家族は、キッチンにいなくても家の中のどこかにいれば、その音が聞こえ、ああ、今夜は水餃子だ、とわかった。僕はたいていは二階の自分の部屋でその音を聞いた。月に二度か三度の頻度で、週末の夜が多かった。

だが、あるときから音は聞こえなくなった。たぶん、僕が十八、九の頃から。その頃、七歳年上の姉はすでに海外で暮らしていたし、僕も友人や恋人と週末を過ごすことが多くなっていた。それに最も大きな理由としては、父が家を出ていった、ということがある。僕が十九のときだ。

原因は父の浮気だった。相手は父の事務所でアルバイトしていた若い娘だった。関係が母の知るところになると、父は平謝りに謝った。娘は間もなくアルバイトを辞めたし、父が彼女とすっぱり別れた、というのも本当だったのだろうが、母は父を許さなかった。

あの机を母が揺らすガタガタ、ギシギシという音を僕が最後に聞いたのはいつだったのだろう。

最後の一回。それは姉もまだ家にいて、家族四人が揃っていた頃だろうか。それとも姉はもういなかったが、父はまだいて、浮気もまだ発覚していなかった頃で、両親と僕の三人で水餃子を食べたのだろうか。覚えていないのは、そのときにはそれが最後になるなんて思っていなかったからだろう。ガタガタ、ギシギシという音を聞いていたときの僕も、その音がもう二度と聞こえなくなるなんて思いもしていなかっただろう。

そんなことを僕は考えている――ベッドに横たわる母を見下ろしながら。母は八十歳だ。癌《がん》の疼痛《とうつう》を抑えるために点滴でモルヒネを入れられ、もうほとんど目覚めない。一週間は保《も》たないだろうと言われている。

「あら、来てたのね」

病室のドアが開き、姉が入ってきた。姉は独身で、母の病気がわかってからは実家に戻って母の面倒を見ていた。

「ごはんまだでしょ?」

オレンジ色に近いキャメル色のコート――大柄ではっきりした目鼻立ちの姉をよく引き立てている――を脱いで椅子に置くと、姉は言った。僕と姉は、病院内にあるレストランで食事することにした。事務所から――僕も父と同じ職業だ――病院に直行していたので、そう言われれば腹が空いていた。

「航《わたる》は今夜食事はどうしてるの」

エレベーターの中で、姉は僕の、十二歳になる息子のことを聞いた。

「作り置きが冷蔵庫に何種類か入ってるんだ。ひとりのときは自分で好きに選んで食べてるよ。飯ももう自分で炊けるしね」

「男ふたりでがんばってるわけね」

僕が病院のレストランに入るのははじめてだった。午後六時過ぎで、だだっ広い店内にはぽつぽつと客がいた。中華料理のチェーン店で、メニューを開くと水餃子があったから、僕はつい真っ先にそれを選んでしまった。

ほかにもよだれ鶏や海老マヨや酢豚なんかを注文し、ビールを飲みながら待っていると、最初に運ばれてきたのが水餃子だった。

「こういうんじゃないのよね」

ひとつ食べて姉がそう言ったから、彼女も母の水餃子のことを思い出しているのだとわかった。

「やっぱり皮が違うよな」

と僕も言った。母の水餃子の皮はもっとしっかりしていて、中身というより皮に味があった。僕はまたあの音のことを思い出した。

「おふくろの水餃子、最後に食べたときのこと、姉ちゃんは覚えてる?」

「あたしがアメリカに行く前の日の夕食が、水餃子だったよ」

「えっ、そうだっけ」

覚えていなかった。姉の渡米は、最初は一カ月の予定と知らされていたから、別れる寂しさなどなく羨ましく思っていただけだった。結局姉は、なんだかんだで滞在を延長して十年以上帰ってこなかったのだが。

「あ、でも一回、お正月に戻ってきたときも、水餃子作ってもらったなあ」

「あ、そうだったな。思い出した。親父はもういなかったよね。じゃああれが最後の一回かなあ」

だが、そのとき音を聞いたかどうかはやっぱり記憶になかった。そもそも特別な音ではなかったのだ——それが日常に存在していたときには。

「何よ、おセンチな顔しちゃって」

姉がまぜかえした。でも、そのあと酢豚を僕の皿によそってくれた——通常の姉はそういうことはまずしない——ので、もちろん姉もいくらかは「おセンチ」になっているのだろう。母の病状が段階的に深刻化していった日々に比べれば、母が闘病を終えようとしている今のほうが安らかな気分ではあったのだが。

「ビールもう一本頼む?」

姉は言った。

「いいのかな」

「いいよ。お母さんも飲みなさいって思ってるよ」

姉は調子のいいことを言い、僕らは二本目のビールを注文した。

「昨日、夏子さんが来たよ」

その瓶が半分ほど空いた頃、姉は言った。

「えっ」

僕はびっくりした。夏子は僕の妻だ。大阪に単身赴任している。母の病気のことは知っているし、長くないことも知らせていたが、こちらへ戻る予定など僕は聞いていなかった。

「ウィークリーマンションに泊まってるんだって」

「えーっ。なんだよ、それ」

「連絡入れるって言ってたけど……まだなのね」

心配そうではなく面白がるように姉は言った。姉は夏子と仲がいい。今となっては、僕よりも仲がいいくらいだ。

「だいたいさ、僕はともかく、東京に来てるのに息子にも会いに来ないってどうなんだよ」

「航と夏子さんはＬＩＮＥで毎日繋がってるんでしょ。今夜も案外一緒だったりするんじゃないの」

「マジかよ……。まったくもう、なんで僕だけ蚊帳の外なんだよ」

「遺伝かしらねえ」

「僕は浮気なんかしてないぞ」

それは事実だ。結婚してから妻以外の女性とどうにかなったことなどないし、どうにかなろうと思ったこともない。僕はただ、夏子の単身赴任に反対しただけだ。家族が離れ離れに暮らすのがいやだった。それで、彼女が自分の仕事にやりがいを感じていて、一生懸命がんばっていることを承知で、仕事を辞めたらどうだと言ってしまった。僕の稼ぎだけで十分生活できるんだからと。それで、夏子はキレた。キレたまま大阪へ行ってしまった。僕は謝ったが、まだ許してもらっていない。この点は父と同じだ。

「東京にいるのに、ウィークリーマンションってことはないだろう。あんまりひどいよ」

僕はビール瓶を自分のコップに傾けた。瓶はもう空だった。さ、そろそろ病室に戻るわよ、と姉が今更姉らしく言った。

「あ？　……あ！」

僕は思わず立ち上がった。レストランの窓の外を通りすぎていく人物に目が留まったのだ。

間違いなく父だった。

レストランの会計をする時間と、たぶんエレベーター一台ぶん父に遅れて、僕と姉は母の病室がある七階に着いた。

早足で病室へ向かおうとする僕を、姉が止めた。病室がある廊下の手前に、ソファと小さな本棚を置いた「談話コーナー」があって、姉は僕を促してそこに座った。母の病室を出てエレベーターに乗ろうとすれば必ずここを通る。お父さんが出てくるのを待ちましょう、と姉は言った。病室でお母さんとふたりきりにしてあげましょう、と。

「姉ちゃんがお父さんに知らせたんだな？」

「そうよ」

文句があるの？　という顔で姉は答えた。

「いや……ま、いいんじゃない」

僕が肩をすくめると、姉はニヤッと笑った。大人になったわね、とでも言うように。当然だ。僕は四十五歳だ。お父さんは不潔だ、と叫んで皿の上のトーストパンを床に叩きつけたのは――そのとき食卓にあったもので床に叩きつけたときいちばん被害が少なそうなのがトーストパンだったのだと、あとになって認めた――、二十五年以上前のことだ。実際のところ、父が家を出ていってから二度ほど会ったこともある。どちらのときもお互いに話題を探り合いながら脂汗をかくような小一時間だったから、以後懲《こ》りて会うのをやめていたが。

「あ。お父さん」

姉が立ち上がった。父は談話室の僕らに気づかずに通り過ぎようとしていた。姉が追いついて肩を叩いて、ようやく振り返った。

僕はぎょっとした――父の顔が、涙と鼻水でぐしゃぐしゃだったからだ。車のフロントガラスでワイパーを動かすような具合に、父は何度か瞬きした。いたのか、と呟いた。

「いたんだよ」

僕はいささか動揺して、ばかみたいな返答をした。病室には姉の派手な色合いのコートが置いてあったのに気づかなかったのか、と思いながら。

姉が父を、談話コーナーのソファに座らせた。父は顔を拭うためのハンカチを探してポケットやデイパックの中を必死にかき回したが、結局見つからなくて、姉が自分のハンカチを出した。

「久しぶりだな」

父は水気がなくなりところどころ赤く膨らんだ顔で、あらためて僕らを見、そう言った。不覚にも僕は噴き出してしまった。姉も笑い、父も少し笑った。毛玉が目立つ黒いタートルネックにチノパン、黒いコートというスタイルは僕が覚えている父のままだったが、全体的にふた回りくらい縮み、髪と顎鬚《あごひげ》がすっかり白くなっている。

「あのな。お母さん、さっきちょっと目を覚ましたんだ」

父は言った。僕と姉は顔を見合わせ、続きを待った。

「それでな。おい、蕗子《ふきこ》、って俺が呼んだら、お母さん、ニヤッと笑ったんだ」

言いながら父はまた目を潤ませた。僕と姉は再び顔を見合わせた。

「姉ちゃん、さっきの顔やってくれない？」

「え？　なによ、さっきの顔って」

「さっき、お母さんのことお父さんに知らせたのは姉ちゃんなんだなって話をして、まあいいよ、って僕が言ったら、笑ったろ。あの顔してみて」

「笑ったっけ？　こう？」

姉は唇を歪めて、奇妙な笑顔を作った。

「お父さん、こんな顔だった？　お母さんの〝ニヤッ〟って」

僕は言った。

「うん、そう。そんな顔だった。そんなふうにお母さん、笑ってくれたんだよ」

父は子供のように手放しで泣きながら言った。

「それは……許してあげるっていうことかな」

僕は言い、

「だわね」

と姉も同意した。父はいっそう泣いた。

それから僕らは、母の病室へ戻った――父も姉に促され、一緒についてきた。折りたたみ椅子を運んできて母のベッドの周りに並べ、それから三十分余り、眠る母の顔を見ながらぽつぽつと喋った。

母が水餃子を作る音を最後に聞いたときのことは覚えているかと、僕は父に聞こうと思っていた。が、結局聞かなかった。姉の言う通り「おセンチ」な質問に違いないし、やっと泣き止んだ父をまた泣かせることになるだろうから。母はこの夜はもう目を覚まさなかった。僕らは三人で病院を出て、駅へ向かう僕と姉は、タクシーに乗るという父とロータリーで別れた。

「あれ、ほんとかな。お母さんが目を覚ましたっていうの」

ホームへの階段を上がりながら、僕は言った。

「お父さんの妄想とか？」

姉は笑った。

「ニヤッて笑ったっていうんだから、ほんとじゃない？」

「許したのかな、お母さん」

「いや、絶対許しませんからって意味だったんじゃないの。お父さんには言えなかったけど」

僕らは笑った。姉が乗る電車がホームに入ってくる音がして、じゃあまたねと、姉は駆け上がっていった。

母が亡くなったのは翌日だった。


駐車場ではなく、塀の前で僕は車を停めた。

トランクを開ける。そこには机が積み込まれている。

引っ張り出そうとしたが、積み込むときには姉がいたし、ふたりで無理やり詰め込んだので、ひとりではどうにも動かせない。しかたなく僕は家のドアを開けて「おーい」と呼んだ。

日曜日なので、まず航がドタドタと廊下を走ってきた。その後ろに夏子がいるのを見て、僕はほっとし、緊張もする。

ちょうど一週間前、妻は家に戻ってきた。単身赴任が終わったのだ。大阪支店の問題が彼女の手腕によって解決したので、東京に呼び戻されたのだという。妻の弁では「早く戻るためにめちゃくちゃがんばった」らしい。それは航のためだけじゃなくて少しは僕のためなのか、と聞きたいがまだ聞くことができていない。ウィークリーマンションではなく家に戻ってきて、僕と同じ寝室で寝てくれているのはありがたいが、仲のいい夫婦が寝室でするべきことはまだ行っていないし、双方、相手の出方を測っているようなところがあって、面と向かうとぎこちなくなってしまう。

「悪い、ちょっと手伝ってくれないかな」

どちらにともなく言うと、

「いったい何を運んできたの?」

と夏子が言った。妻と息子は表に出てきた。

「これ、どうしても捨てられなくてさ」

積んできたのは、実家のキッチンにあった調理台だった。水餃子の机だ。母の死後一年あまりが経って、実家を売却することになり、ここ数カ月、姉と僕とで行ける日に整理に通っていた。今日がその最終日だった。子供の頃の写真が貼ってあるアルバムや、器道楽だった母が集めた食器類のめぼしいものを除いては、ほとんどを処分した。ただこの机だけは、僕がもらうことにしたのだった――「おセンチね」とまた姉に言われたが。

「あれ。これ、水餃子の机じゃない？」

トランクを覗き込んで、夏子が言ったので僕はびっくりした。

「知ってるの？　言ったっけ？」

「覚えてない？　一度、お義母さんに水餃子の作りかたを習いに行ったことがあったのよ。ごちそうになった水餃子が、あんまりおいしかったから。丁寧に教えてくれたんだけど、やっぱり私にはハードルが高くて、それきりになっちゃったのよ」

「そうかあ」

そんなことがあったなと、僕も思い出した。たしかあのとき、夏子は「レッスン」の成果の水餃子を山のように持ち帰ってきて、僕らはビールを飲みながらそれを食べた。母が包んだ水餃子と、夏子が包んだ水餃子には歴然とした形の違いがあって、五歳くらいだった航がいちいちそれをたしかめながら食べるので、夏子はむくれ、僕は笑った。

「すごい音がするのよね、この机」

僕らは力を合わせて、机をトランクから引っ張り出した。地面の上に置いたそれを見て、「わーっ」と航が声を上げた。

「シブい。かっけー。お父さん、これどうするの?」

「え……まだ決めてないけど」

「キッチンには置けないわよ」

夏子が言った。そうなのだ、それは僕もわかっていた。うちのキッチンにはどこをどう捻ってもこれを置くスペースはない。後先考えずに持ってきてしまったのだった。

「僕にくれない?」

航がピョンピョン跳ねながら言った。

それで、その机は今、航の部屋にある。

彼は自分で家具を動かし——手伝うと言ったが拒否された——、ベッドと従来の勉強机との間に、うまいぐあいにはめ込んである。

息子の将来の希望は漫画家になることだ。二年ほど前から見よう見まねで、インクやペンを使って描いていることは知っていた。「水餃子の机」は、今は彼の、漫画を描くとき専用の机になっている。

ある晩、僕は気がつく。いや、僕と夏子は気がつく。二階からあの音がする。ガタガタ、ギシギシ。息子があの机の上で、消しゴムをかけている音だ。僕はなんとなく妻の顔を見る。僕らは並んでソファに座っているのだ。妻も僕のほうを見ている。それから彼女は、ニヤッと笑う。

僕もニヤッと笑い返す――妻や姉ほどにはその表情がうまくできないのだが。でも内心ではまさにニヤッとしているのだ。その昔、父が愛用していた机、その後、母のものになった机、彼女が水餃子を捏ねるときガタガタ、ギシギシという音を立てていた机が、今は僕の息子のものになり、同じ音を立てていることが、愉しいような、切ないような、そんな気持ちで。

それから、僕はもうひとつのことに気がつく――僕と妻の間にあったぎこちなさが、いつの間にか消えていることに。水餃子パーティでも開こうか。調子にのって、そんなことを思いつく。あの机はもう使えないが、ダイニングテーブルの上で捏ねたり包んだりすればいい。僕と妻と息子、それに姉を呼んで、父も呼んで。

水餃子の机

錆び釘探し

「あー、あるねー、たくさんあるねー」

医者は嬉しそうに言った。雅章《まさあき》とさほど年が違わないように見える若い医者だった。超音波検査が終わると、診察室であらためて説明された。尿路結石。左の腰の突然の激痛の原因はそれだと。尿の中に含まれる何やらが固まって石になり、それが尿の通り道に引っかかって痛みを発生させているらしい。

「命にかかわるやつですか」

「まあ、かかわらないね。痛いけど」

とりあえずはほっとした。しかし痛い。石が大きい場合はレーザーで砕く方法があるが、雅章の場合、検査で判明した石の大きさだと、自然に排泄されるのを待つしかないらしい。

「自然にって……どのくらいかかるんですかね」

「人によるんだよね、これが。痛み止め出すから。とりあえず水をいっぱい飲んで」

放り出されたような気分でクリニックを出た。十二月はじめの、あまり冬らしくない生暖かい日だった。薬局で痛み止めのほかに尿をどうとかする気休めみたいな薬をもらい、痛すぎて歩く気力がどうしても出なかったので、タクシーを呼んでもらってアパートへ戻った。午前十一時過ぎ。痛み出したのは昨日の夜で、脂汗をかきながら一晩耐えて、朝一でクリニックへ行ったのだった。初診だったから待合室でも待たされて、それでも医者に診てもらいさえすればこの苦痛から解放されると思っていたのに、まったく心配もされず、痛みは一ミリも軽減されていないというのはどういうことなんだ。

食欲ゼロだったがもらってきた薬は食後に飲むことになっていたので——そういうことはきっちり守らないと不安になる小心さが雅章にはある——、間食用に買い置きしていた菓子パンを牛乳で流し込んだ。鎮痛剤を服用してしばらくすると、気分的なものかもしれないがほんの僅か痛みがマシになってきたような気がしたので、千秋《ちあき》に電話をかけることにした。積極的にかけたいわけではなかったが、昨夜、彼女をそれこそ途中で放り出したような格好になっていたので、かけざるを得ない。

「あー、はいはい。どう?」

あまり心配していたふうでもなく容体を聞かれた。千秋は隣駅に近い大きな園芸店で働いている。仕事中だが、今は――雅章にとっては正直残念なことに――話しても大丈夫だと言う。

「尿路結石？　それ、命にかかわるようなやつ？」

雅章が医者に聞いたのと同じことを千秋も聞いた。

「かかわらないけど、まだ痛いんだよ。石が自然に落ちるのを待つしかないんだって」

ふーん。千秋はどうでもよさそうな相槌を打った。

「で？」

「え？」

「昨日の話の続き。どう思う？　どうしたらいいと思う？」

雅章は動揺した。何も考えていなかった。もちろんその話になるに決まっていたのに、尿路結石のおかげでペンディングになるんじゃないかと甘いことを考えていた。

「いや、ごめん。まだ考えてない」

正直に言った。痛すぎて、何も考えられなくてさ、と言い訳がましく付け足した。ふーん。千秋はさっきよりもさらに乾いた感じの声を発した。

「雅章にとっては、考えなきゃならないことなわけね」

「え？　いや……」

「じゃあ考えが決まったら、連絡して。それほど時間かけられないから、そこんとこよろしく」

電話は切れた。これは怒ってるよな。怒らせたよな。雅章は思う。「それほど時間かけられないから」という捨て台詞（？）がぐさりと刺さり、痛みがぶり返したような気もする。

千秋とは二年ほど前に知り合った。雅章が高校のときから描き続け、投稿し続けていた漫画が三十歳にしてついにある漫画雑誌の新人賞を受賞した夜だった。当時、勤めていた小さな印刷会社の同僚たちが終業後、居酒屋で祝ってくれて、大いに酔っ払い、アパートの最寄り駅まで戻ってきたところで千秋を見かけ、酔った勢いでナンパした。

ロマンチックとは程遠い出会いだったが、妙に気が合う相手で、大きなケンカもせずに今日まで付き合ってきた。小柄で目が大きくてふわんとまるっこいところが可愛いし、性格はサバサバしていて、これまで雅章が付き合ってきた女にありがちだった、戦略的に拗ねたり泣いたりしないところが好もしく、まあもっとはっきり言うなら楽だった。

半年ほど前に雅章が勤めを辞め、漫画一本で生活するようになると、千秋は空いている時間に作画のアシスタントもしてくれるようになった（高校時代に「漫研」に在籍したという過去がある）。勢い、一緒にいる時間が増えて、それでも苦になるということがないので、もう少し稼げるようになったらもう少し大きな部屋に引越して、一緒に住むのもありかもな、どうせなら結婚しちまうのはどうかな、などとうっすら考えていた。ふたりで酒を飲んでいるときにいい調子になって——酒のせいで調子にのるというのは自分の問題点だと思っている——、ほのめかしたこともたしかにある。いいかもね。そのとき千秋は、雅章と同じ軽い調子でそう言っただけだった。

ところが激震が起きた。昨日のことだ。突然、何の前触れもそれこそほのめかしもなく、千秋が妊娠していることを告げられたのだ。仕事帰りの千秋と駅前で落ち合って、行きつけの居酒屋で向かい合ったときだった。いつもならまず生ビールで乾杯するのに、千秋がウーロン茶を頼むから、具合でも悪いのかと聞いたら、「あっそうか、今言わないとだめなんだ、じゃあ今言うね」と千秋は言い、それから「じつは妊娠してるんだ」と打ち明けたのだ。

「え？　そうなの？」

と雅章は間の抜けた答えを返してしまった。

「そうなんだよね」

と千秋はことも無げに返した。生ビールとウーロン茶が運ばれてきたので、いつものようにジョッキを合わせて乾杯した。

「どうしようね？」

ウーロン茶をごくごく飲んで、千秋は聞いた。次の休みはどうしようね？　と聞くみたいに。雅章はビールをごくりと飲んだ。その瞬間、左脇腹を猛烈な痛みが貫いたのだった。千秋は最初、冗談というか、ある種の感情表現だと思ったようだった。が、マジで痛いのだとわかって、その日はお開きになった。いつも飲んだ後にはそうするように、千秋は雅章のアパートまでついてこようとしたのだが、痛すぎるからひとりにしてほしいと雅章は辞退した。元来びびりだし生涯最悪と言っていい痛みだったのに、ひとりでアパートに戻ったのは、心のどこかでこれは心因性なんじゃないかと疑っていたせいかもしれない。千秋から――というか妊娠したという女から離れれば治るんじゃないかと。千秋のほうもそう思っていたふしがある。それで、さっきの電話になるわけだった。

妊娠。

俺の子が生まれるということ。俺が親になるということ。俺と千秋が親になるということ。子供が生まれるのなら、当然、結婚することになるだろう。籍を入れるか入れないかはともかく、そういう単位のものになるだろう。俺にあらたに家族ができるということ。

雅章にとって、その事態は黒い渦巻きだった。目を凝らせば渦の中に赤や黄色や緑色も見えないことはないが、黒が一番多い。いやだ、というのとは違う。しかし怖い。恐ろしい。そりゃあ、結婚してもいいかなとは思っていたさ。雅章は、自分に言う。でも、こんなに急に、とは思っていなかった。しかるべきタイミングで、と考えていた。タイミングは自分で決めるもので、降ってくるものだとは思っていなかった。避妊していたのにな。いや、じつのところ心当たりはある。たぶん、ふたりともべろんべろんになったあの夜だ。ああ、また酒だ。酒のせいだ。

スマートフォンが鳴り出した。びくびくしながら手に取ると、かけてきたのは、今、月刊誌に連載している漫画の担当編集者だった。

「おめでとう！　先月の読者アンケート、一位取ったよ！」

「マジっすか」

その月に掲載された漫画について、どれが一番面白かったかを集計するアンケートの結果は漫画家にとっては重要なものだ。連載していいてずっと順位が下のままなら、打ち切りもある。順位が良ければ巻頭カラー、連載延長、次の仕事の話も決まる。連載開始当初から評判は良かったが、一位獲得ははじめてだったし大金星に間違いなかった。実際、翌々月は巻頭カラーで大増ページにしましょうと編集者から言われ、その打ち合わせを少しして、電話を終えた。

ウキウキと高揚した気分はしかし、千秋の妊娠のことを思い出したとたん、すっと冷えた。漫画家として軌道に乗りはじめれば、ふつうなら、これで結婚できる、という自信に繋がるのかもしれない。でも雅章の場合は、そうはならなかった。俺は今大事なところなんだ、と思った。結婚なんかしてる場合じゃないだろう。子育てしてる余裕なんかないだろう。

鎮痛剤は確実に効いていて、痛みは耐え難いほどではなくなった。でも左腰に鉛の球が入っているような、なんとも言えないいやな感じは消えず、気分はあいかわらず悪かった。

ネットで検索してみると、石を早く落とすためには歩いたほうがいい、という記事があった。それで散歩に出ることにした。ついでにネームも考えよう。というか、アパートにいると今にも千秋が押しかけてきそうな――彼女が仕事を放り出してそんなことをするなんて、現実的にはあり得ないのだが――恐怖があった。恐怖を感じる相手と結婚なんかできるのか。いや、怖いのは千秋じゃない、結婚であり赤ん坊だ。雅章はまた、自分に言う。

正午を過ぎようとしていた。昼食はコンビニで弁当を買うことにして、とりあえずはそこを目指して、川沿いの道をのろのろと歩いた。平日だが、陽気が良いせいか散歩している人が多い。子連れの母親、老夫婦。俺がまだしていないことをしている人たち、と雅章は、畏敬の念を覚える。結婚とか出産とか子育てを、みんな平気で、さらりとこなして今、散歩なんかしているように見える。こういうのは向いている人と向いていない人がいるのかもしれない。向かい側から雅章の父親くらいの年齢の男がひとり、俯きながら歩いてくる。キャメルのコートに黒い帽子に鮮やかな緑色のマフラー、洒落た身なりをしているのに、こんなにいい天気の空も見なければ川も見ない、じっと地面に目を据えてゆっくり横を通り過ぎていく。俺は「向いてない人」として、ああいう男になるのかもしれない。

コンビニで、これまでは「おじいさんとかおばあさん専用」と認識していた、シラスと漬物をのせただけの地味な弁当を買い、その時点で心理的なものなのか病気のせいか、ひどい消耗を感じたので、川沿いの公園のベンチに座った。ネームを考えるときによく座るベンチだが、そこから見える景色は今日はいつもとまるで違う色合いに見えた。

半端に余った土地をとりあえず公園ということにしたみたいな、小さな、ベンチしかない公園だ。いつもたいていそうであるように、誰もいない。と、男が入ってきた。キャメルのコート。さっきの俯きオヤジだった。今は俯いていない。雅章にまっすぐに目を据えて、近づいてくる。なんだなんだ。

「大変申し訳ないんですが、ちょっとだけ、そこを立ってもらえませんか」

帽子の鍔《つば》をちょっと持ち上げて、男は言った。丁寧な物腰だ。雅章が立ち上がると、男はベンチの座面をつぶさに調べはじめた。

「忘れものですか」

それにしては妙な動きだなと思いながら、雅章は聞いた。

「釘を探してるんですよ」

男は屈んで、ベンチの下を覗き込みながら言った。

「えーと……なんか特別な釘なんですか」

「錆びた釘」

男は立ち上がると、訴えるような顔で雅章を見た。

「君、持ってないかな。このくらいの長さの釘で、なるべく太くて、錆びてるやつ」

「このくらい」と男が指であらわしたのは、約十センチというところか。持ってない（錆びた釘を持ち歩く趣味はない）、と雅章は答えた。

「錆びてないとだめなんですか」

「錆びてないとだめなんだ」

「なんか、呪《まじな》いとかに使うんですか」

そうだったらやばいなと思いながら聞くと、男はちょっと心外そうな顔になり、

「黒豆を煮るときに使うんだ」

と言った。

黒豆というのは、つまり正月の、おせちに入っているやつのことらしい。

雅章の母親は、おせちは毎年デパートで買っていたが、この男の妻は――そう、男は「向いてない人」ではなかったらしい――自作する。黒豆も作る。黒豆を「真っ黒くツヤツヤにおいしそうに」煮るためには、錆びた釘を一緒に鍋に入れることが必要なのだという。呪いではなくて科学的な理由で。

「鉄の錆びと黒豆のなんちゃらって成分が結合していい色になるというんだね。そう言われれば、そうなんですねと思うけど、ふつうは考えないだろう、そんなこと」

男は最初よりも幾分ぞんざいな態度になって話した。今、ふたりは公園を出て、川沿いを俯きながら歩いていた。雅章は男の「錆び釘探し」に付き合うことにしたのだ。何かしていたほうが気が紛れそうだったのと、男が何か——あるいは誰か——からの使いみたいに思えたからだった。

「妻をびっくりさせようと思ってね。家中の整理整頓をしたんですよ。もちろん彼女のドレッサーとか洋服の抽斗《ひきだし》とか、キッチンの中には手をつけなかったよ。僕には手を出しようがないことはわかってるからね。でもねえ……家の中には、僕のエリアでもない、彼女のエリアでもない、曖昧なエリアというものもあるわけでね。錆び釘は、そこに入っていたんだよ。琺瑯《ほうろう》の小さいケースがリビングの棚にあってさ。開けてみたら、僕の会社員時代の社章と、通わなくなった病院の診察券と、錆び釘が入ってた。大事なものだとは思わないでしょう、ふつう」

それが、男が錆び釘を捨ててしまった経緯だった。帰ってきた妻は部屋を見渡し目を瞠《みは》ったが、「どうしてあんなところに錆びた釘を入れておくんだ」と男が自慢ついでに小言を言ったことで、状況が変わった。しかもあの錆び釘は、妻が結婚するときに、彼女の母から譲り受けたものだった。決して捨ててはいけない釘だったのだ。しかしもうゴミの日に出してしまっていた。妻は怒った。まだ怒っている。それで男は、少しでも妻の心を慰めるべく、錆び釘を探す旅に出たというわけだ。

「曖昧なエリアっていうのがあるんですね」

男の話の中で最も印象深かったことを雅章は聞いた。え？　と男が怪訝な顔をしたので、「奥さん、旅行でも行ってたんですか」と次に気になっていたことを聞いた。うん、まあねと男は、曖昧な返事をした。

「工事現場とかに落ちてないですかね」

「工事は、錆びた釘は使わないと思うんだよ」

「一本くらい落ちてないですかね」

「この辺で工事現場はあるだろうか」

「案外、入手困難なものなんですね、錆び釘って」

川を横切る大通りに沿ってふたりは曲がった――その先に工事現場がある保証はなかったが。痛みは小康状態というところだった。むしろ結石ではなく千秋の妊娠のことが不意に心の中でゴロッとして、そちらのほうが苦痛だった。

「結婚何年ですか」

たぶんその苦痛のせいで無遠慮になり、雅章は聞いた。

「三十八年」

男は、聞かれるのを待っていたかのように明瞭に答えた。

「僕が二十七、彼女が二十三。彼女が大学を卒業するのを待って結婚したんだよ」

男は当時がよみがえったかのように空を仰いだ。薄い日差しが男の白髪をぼんやりと照らしている。

「結婚の決め手はなんだったんですか」

さらにずけずけと雅章は聞いた。男は、いい質問だねというふうに嬉しそうに雅章を見た。

「そりゃあ、大好きだったからさ。愛していたからさ」

「なるほど」

今でもそうですか、と聞こうとしたとたん、痛みが来た。心理的なものではない本物の痛みだ。腰のあたりをグリグリと通っていく。雅章は思わずその場でトントンと跳ねた。ネットには「結石を落とすために跳んでも無駄」と書いてあったが、それでも跳びたくなるような痛さだった。

「何をやってるんだね」

「結石があって……」

「ああ結石。僕も持ってるからわかるよ。痛いんだよね。でも跳んでも無駄……」

男はプツリと言葉を切った。道の前方から、年配の女性が小走りにこちらにやってくる。真っ白な髪、ロングコートも白で、妖精みたいにふわふわと近づいてくる。

「探したのよ。釘ならあったわよ」

それで、その女性が男の妻だということがはっきりする。なかなか美人だ。しかし「大好きだった、愛していた」女があらわれたとたん、男はあきらかにそわそわと、落ち着かない様子になっている。

「あったって、どこに」

「寝室の壁の写真。あの額を留めていたのがちょうどよく錆びてたの」

「寝室の写真？　釘を抜いてしまったら、写真はどうなるんだ」

「あたらしい釘で留めればいいじゃないですか」

すると男の顔がパッと輝いたように見えた。

「あたらしい釘。そうか、そうだな」

男は雅章を見、「寝室の写真は、僕らの新婚旅行のツーショットなんだ」と嬉しそうに説明した。前と後ろに子供を乗せたママチャリが歩道を走ってきて、三人は道を開けた。なぜか雅章の意識は空高く飛んで、道端で話し込んでいる自分たちを上から眺めた。

「こんにちは」

と彼の妻が雅章に微笑みかけたから、雅章も「どうも」と頭を下げた。

「一緒に釘を探してもらってたんだ」

と男が言った。

「あらまあ。ありがとうございます。うちに寄ってお茶でもいかが?」

「いやいや……」

「このひとね、またよその女の人と、ちゃらちゃらしてたのよ」

突然、話が展開した。おいおい。男が妻を雅章から遠ざけるように体を移動させたが、妻は男の大きな体の陰から細い首を伸ばした。

「それで頭に来て、家出してたら、その間に家中の掃除なんかして。そんなことで許してもらえると思ってるっていうのがまた憎らしいじゃないの。あげくに黒豆用の釘を捨てちゃって。怒ったら、探してくるとか言って逃げ出して」

妻は雅章ではなく男に向かって喋っているようだった。激昂しているふうではなく、教師が生徒に向かって喋っているような口調だった。喋っているうちに笑いを堪えているような表情になった。

「でも、本当に探してたのね」

「そうだよ、探してたんだよ、ずっと」

「本当ですよ、一生懸命探してました」

雅章も男に加勢した。女はそこでとうとう破顔した。大げさな笑いではなかったが、ウフフフと、気持ちよさそうにしばらく笑った。

「手伝っていただいて、ありがとうございました」

「いやいや」

「ありがとう。結石、お大事にな」

ふたりは男の妻が来た方向へ歩いていった。アパートへ戻るとすれば雅章もそちらへ行ってもよかったのだが、なんとなくふたりの後ろ姿を見送った。錆び釘の一件は、あのふたりにとっては事件だったのだろうか。事件だったとすれば、三十八年の結婚生活の中で起きた中の、何番目くらいの大きさだろう。でもそれはもう解決したのだろう、と雅章は考えた。「僕らの新婚旅行のツーショット」を留めていた釘を外したと聞いたときの男の顔、そして「あたらしい釘で留めればいいじゃないですか」という妻の言葉を聞いたときの男の安堵した顔を思い出して、さっきの彼女と同じような笑みが自然と雅章の顔に浮かんだ。

川沿いを通ってアパートへ戻ることにした。歩き出しながら、園芸店には錆び釘があるかもしれないな、とふと思いついた。千秋に電話で聞いてみようか。それから、いや、もう錆び釘は必要ないんだと気がついた。

それでも雅章はスマートフォンを取り出した。千秋に電話したくなっていた。左脇腹はまだシクシクしていたが、石は早晩落ちるだろう、と雅章は思った。

ホットプレートと震度四

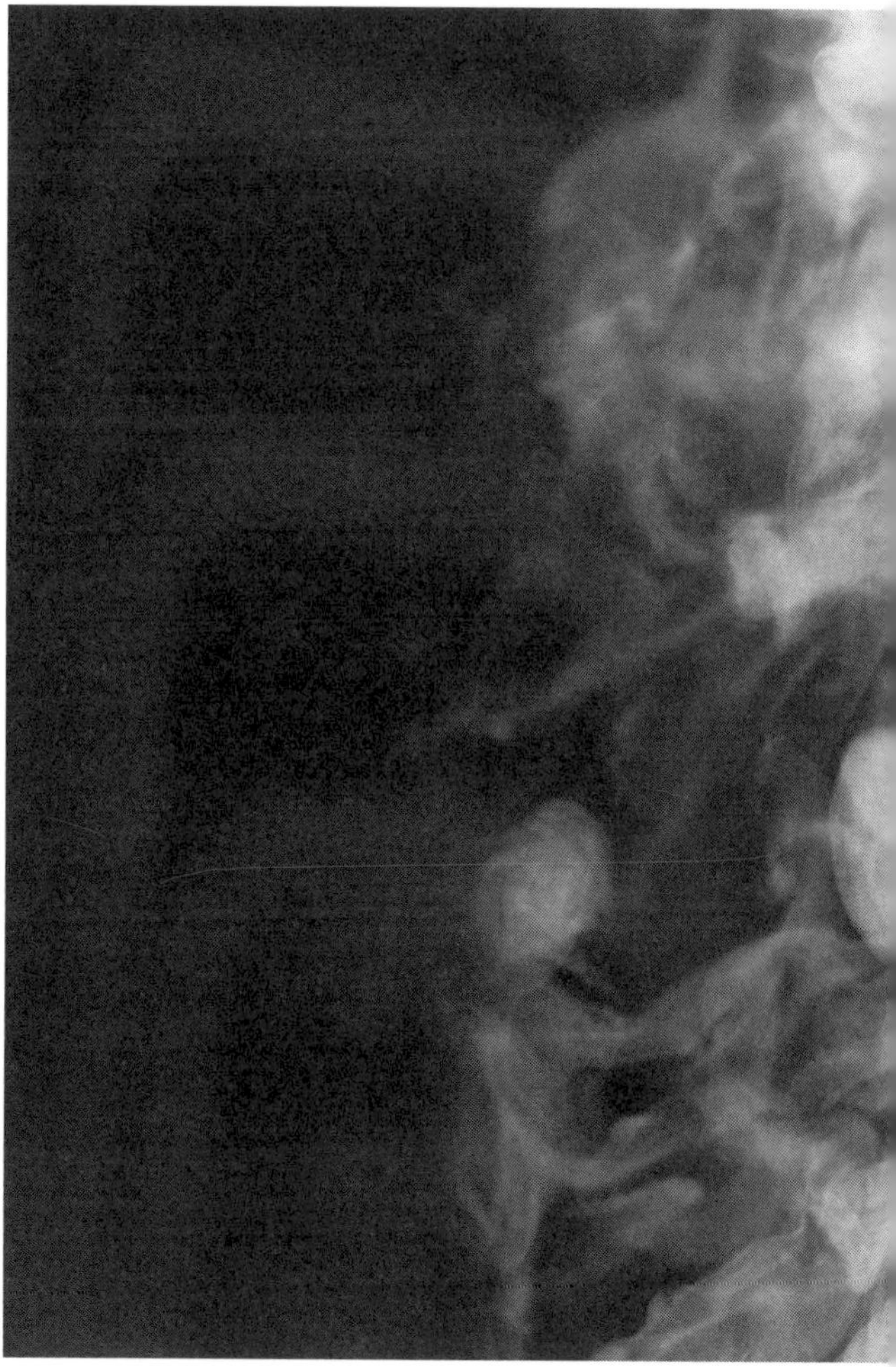

麻子《あさこ》が同棲している相手が、小説の新人賞を取った。それで、軽音楽サークルOBで作っているLINEのグループでは「おめでとう」が飛び交った。

もちろん美雪も「おめでとう！　すごいすごい！」と、お祝いのメッセージを打ち込んだ。スタンプもつけようとして、ちょっと迷った。おとなしめな感じのがいいか、漫画のキャラクターとかのほうがいいのか。ようするに麻子とはそういうことに悩むような関係なのだった。LINEグループ内では一対一のやり取りになることはないから、これまではなんとなくごまかせていた。結局、おとなしめな、写実的な猫の絵柄に「おめでとうございます」という文字がついたスタンプを選んで送信し、そのあとほかのメンバーが、ふざけたスタンプを送ってくるのを見て、しまった、堅苦しすぎた、あれでは儀礼的にお祝いを言っているみたいだ、と悔やんだりした。

「ホットプレートほしい人いませんか？」

という麻子からのメッセージがそのLINEグループに送られてきたのは、それから十日ほど後のことだった。自宅で使っているのと同じものが、お祝いとして送られてきたのだという。続いて送信された写真を見ると、美雪がずっとほしいと思っていて、でもホットプレートとしては高価だから悩んでいた、外国製のスタイリッシュな製品だった。美雪はしばらく様子を見ていた。丸一日経って、誰も手を挙げなかったので、「ほしいです！」とコメントした。そんなずうずうしい真似ができたのは、無反応なのを気の毒に思ったからだし、それになんとなく麻子の「ほしい人いませんか？」というメッセージは、美雪個人に向けて発せられたものであるような気がしたからだった。いずれにしても、「ほしいです！」のあと、そんな返事を送るべきではなかったと美雪はやっぱり悔いた。

だが、取り消すすべはなくて、個人間のLINEでやりとりすることになってしまった。送料着払いで送ってもらえばいいと思っていたのに、麻子は「持っていく」と言い出した。麻子は横浜に、美雪は世田谷の東松原に住んでいる。すごく遠いというわけではないが近くもない（まさに、私と彼女との間の距離感だ、と美雪は思った）。それなら私が取りに行くよと申し出たが、こちらに来たいのだと麻子は言う。それも、恋人の小説家とふたりで。なんでも彼が昔、東松原に住んでいたことがあるそうで、懐かしいから歩いてみたい、次の小説に町の景色を使うかもしれない、ということらしい。そう言われたら断ることもできなくて、行きがかり上、土曜日の昼食に招待することになってしまった。

「麻子たちが来るんだけど。今度の土曜日」

美雪は夫の拓郎に告げた。ホットプレートが宅配便で送られて来るならば、差出人を拓郎に隠すことは可能だったろうが、ふたりが家に来てしまうのだから隠しようもない。

「麻子たち？　え？　なんで？　たちって？」

矢継ぎ早の疑問はもっともだ。麻子の同棲（二年前、小説家を志す男と）のところから美雪は説明した。拓郎は同じ大学だったが同じサークルではなかったから、LINEグループには入っていない。そして美雪は、麻子の同棲のことを夫には知らせていなかった。ホットプレートのことは、送ってもらうつもりだったけど持って来たいんだって、というふうに言った。全部聞いた拓郎は「ふーん」と言った。

「いつ？」

「今度の土曜日。お昼ごはんのとき」

「俺、いたほうがいいのかな」

「まあ、土曜日だし、向こうもふたりで来るわけだし……」

「わかった。予定しておく」

拓郎はもともと、感情をあまり顔に出さない男だった。それもあって、彼の心の中は美雪にはわからなかった。いずれにしても、話はあっさりまとまってしまった。


その日は三月の最初の土曜日だった。

天気が良くて、美雪と拓郎の日当たりのいい家は、昼前には暖房を切ってしまったくらいの陽気だった。

美雪は昼食の準備を終えた。メニューは、サラダとお好み焼き。ホットプレートを早速使えるし、「簡単なものでいいよ」と麻子が言ったから、そうなった。料理が得意な美雪としては腕の振るい甲斐がないメニューだが、腕を振るってみせるのが正しいのかどうかは微妙なところだ。サラダといってもブロッコリー、菜の花、スナップエンドウといった緑の野菜を四川風のタレで和えたものだから、わかる人には感心してもらえるだろう。いや、べつに感心してもらいたいわけじゃないけど。と美雪はまたぐだぐだ考えてしまう。麻子の気持ちも、拓郎の気持ちも、自分の気持ちもわからない（麻子の恋人の、貴船光一にかんしては、まあ、どうでもいい）。

寝室で何を着ようか迷っていると、拓郎も入ってきた。美雪がキッチンにいる間、彼はダイニングとリビングを掃除してくれていたから、やっぱり着替えに来たのだろう。見ていると、こちらは迷いもせずに、あかるい茶色のコーデュロイのシャツとチノパンという、休日に外出するときの格好になった。ほかに選択肢があるかといえばなさそうに思えるし、迷われたらそれはそれで気になるのだろうけれど、それにしてもあまりに平常心に見える夫に、美雪は次第に腹が立ってきた。

大学時代、麻子と拓郎は恋人同士だった。ふたりは一年次のクラスが同じで、入学してすぐに付き合いはじめた。美雪は麻子とはサークルで、拓郎とは二年次で履修したゼミで知り合った。三年次に麻子と拓郎は別れた。その理由も、どちらがどちらを振ったのかも、ましてやふたりの別れに自分の存在が関係していたのかも、美雪は知らない。ただ、それから間もなく美雪は拓郎と付き合いはじめ、卒業してからも交際を続けて、結婚に至った。美雪が拓郎と親密になるにつれ麻子とは隔たりができて、卒業後も会ったことはなく、サークルのＬＩＮＥグループができたことでなんとなく付き合いが再開した、という事実だけがある。

拓郎と、麻子について話題にしたことはなかった。お互いに相手に気を遣っていたといえるが、話題にしなさすぎたのかもしれない、と美雪は思った。美雪がサークルで麻子と一緒だったこと（美雪が拓郎と付き合い出す前は、サークルの中でもとりわけ仲が良かったこと）や、数年前サークルのＬＩＮＥグループができたことは拓郎も知っている。それなのに、全然話題にしない、というのはやっぱり不自然だったのではないか。

「何？」

と拓郎が聞いた。美雪は無意識にじろじろ夫を見ていたらしい。

「……いや。それ着るんだな、と思って」

「だめか？」

「ううん。いいよ」

拓郎が小さく肩をすくめたとき、呼び鈴が鳴った。

貴船光一は盲点だった。

というか、彼について考えることを忘れていた——彼の、新人賞受賞がそもそもの発端だったのに。「イケメン」だという噂も聞いていたのに、ネットニュースで画像をチェックすることさえ美雪はしていなかった。

ドアを開けるとそこにふたりが立っていた。鮮やかなグリーンのステンカラーコートを羽織った麻子と、ツイードのジャケットにデニムという姿の貴船光一が。華やか、という言葉が似合うふたりだった。顔立ちは地味だがスタイルはいい麻子の容姿――というのは美雪の個人的な評価だが――は、まごうことなきイケメンの貴船光一によって底上げされているように感じられた。

「はじめまして。ずうずうしく押しかけてすみません」

低音の良い声で貴船光一は挨拶した。右手で提げている大きな紙袋の中身がホットプレートだろう。いえいえこちらこそ。美雪は慌てて言った。拓郎はといえばぼんやり突っ立っている。

「とっさに名乗りを上げちゃって。ちょうど、ホットプレートほしいなと思ってたときだったから」

同意を求めるように拓郎を見ると、

「どうも。久しぶり」

と拓郎は言った。美雪を無視して――貴船光一もいないものであるかのように――麻子に挨拶している。どうもー、と返した麻子の声の軽やかさがさっそく美雪の神経に障った。

ふたり暮らしのダイニングテーブルは小さいから、リビングに昼食の用意をしていた。箱から出した新品のホットプレートをコーヒーテーブルの上に据え、じゃあ乾杯しようかというときに、「あっ、そうそう」と麻子が言い出した。そういえば麻子も小さな紙袋を持っていた。その中身は手土産で、バスク風のチーズケーキで、しかも貴船光一の手作りなのだという。料理が趣味なんですよ。貴船光一は言い、その照れ臭そうな様子も好ましかった。なるほど。美雪は理解した。麻子がうちに来た目的はこれだったのだ。貴船光一が昔、この辺りに住んでいたなど後付けの方便だろう。ようするに麻子は、自分のパートナーを私たちに見せびらかしに来たのだろう。

用意しておいたそんなに高くないシャンパンを、不揃いのグラスに注いで、あらためて四人で乾杯した。不動産鑑定士である拓郎と、そのアシストをしている美雪の暮らしは、裕福というわけではないが不自由はない。家は借家だがロケーションも家の雰囲気も気に入っていて、持ち家に憧れがあるわけでもない。麻子たちは同棲することになったタイミングで、横浜のマンションを買ったのではなかったか——麻子がLINEグループでそういう話をしていた。そのときはとくに自慢話とは感じず、たんなる引越しの報告のように思っていたが、このふたりは私たちよりずっと裕福なのだろうか。シャンパングラスを六脚揃いで持っていたりするだろうか。麻子は女性誌の編集者で、小説家の卵だったときの貴船光一も麻子に近い業界の勤め人だったはずだが、新人賞を取ってプロになると、収入がばーんと増えたりするのだろうか——そんなことが次々に浮かんできて、美雪は自分で自分がいやになった。どんな家に住んでいるとか収入はどのくらいあるとか、そういうことで他人を羨んだり、評価したりする人間にはなりたくない、と思っていたはずだったのに。

「新人賞、おめでとうございます」

そうだ、それがまだだったと気がついて、美雪は言った。

「新人賞?」

拓郎がとぼけた声を出す。説明したのに聞いていなかったのか。

「彼、小説の新人賞を取ったのよ。プロの小説家になったの」

麻子が言った。いかにも得意げな口調だ。

「それは……おめでとうございます」

拓郎はあいかわらずぼんやりした様子で言った。「小説の新人賞」ということが、よくわかっていないのかもしれない。仕事ぶりは真面目で有能と言えるけれど、文化的な素養も興味もほとんどない男だ——これまではそのことを面白がるばかりで、いやだとか恥ずかしいとか思ったことはなかったけれど。

「プロの小説家になったというか……なれるかどうか、これから試されるんだと思いますよ。勤めはまだ辞めないほうがいいと、担当編集者にアドバイスされました」

貴船光一が穏やかに発言した。表情や口調のせいで、謙遜がわざとらしく聞こえない。

「業界的には、新人賞を取ったらプロとみなされるのよ、自覚しなくちゃ。そのうち私も仕事を依頼するから」

麻子が言うと、はい、わかりましたと、貴船光一はおどけた。麻子が笑う。貴船光一とは違って、わざとらしい、見せつけるみたいな笑いだと美雪は思う。

飲み物をシャンパンから白ワイン——これはシャンパンよりは少しお高いもの——に変えて、美雪はお好み焼きのタネをホットプレートにのせた。ジュウッといい音がして、一同はなんとなく揃ってじっとプレートを見下ろした。緊張しながら直径十五センチほどのお好み焼きが四つできるようにタネを置いていき、それぞれの上に豚ばら肉を並べていった。

「ホットプレートって、お好み焼きが焼けるんだな」

と拓郎がまたとぼけた発言をした。麻子がクスッと鼻で笑ったのを美雪は見てしまった。

それからしばらく、どうでもいい話をした。麻子たちがホットプレートを買った経緯とか、ホットプレートがお祝いとして贈られた経緯とか。貴船光一は何歳から何歳まで東松原にいたのか。そこからどこへ行ったのか。東松原の今昔。小説の新人賞を受賞するとどんなふうに連絡が来るのか。はたまた、拓郎の仕事の内容。美雪の役割。どんな顧客がいるのか。

どうでもいい話は、どうでもよくない話をしないために必要な話でもある、と美雪は思った。たとえば麻子カップルの馴れ初めとか。美雪はＬＩＮＥグループでのやりとりで薄く知っているが、拓郎は知らない。だが、彼は聞かない。聞きたくないのだろうと美雪は思う。平静を装っていたが、貴船光一のいい男っぷりをこうまで見せつけられれば、遅ればせの嫉妬が湧き上がっているのではないか。

それに、麻子カップルの馴れ初めを聞けば、私と拓郎の馴れ初めも話題にしなければならなくなるだろう、と美雪は思った。私も麻子も拓郎も、それを避けているのだ。貴船光一はどこまで知っているのだろう。麻子は拓郎とのことは言っていないに違いない。ただ、私のことだけ、学生時代からの友だち、とでも説明しているのだろう。それにしては学生時代の話が出ないな、とでも貴船光一は思っているかもしれない。でも彼は、まだ卵のままなのか卵から孵《かえ》ったのかはわからないが、とにかく小説家で、小説家というのは想像力が豊かな人がなるんだろうから、なんとなく察して、自分からは聞いたりしないのかもしれない。

肉をのせた面を焼いていたお好み焼きを、美雪は頃合いを見てひっくり返した。脂が落ちてこんがり焼けた豚肉があらわれて、貴船光一と拓郎の「おおーっ」という声が揃った。さすが高級ホットプレートだけあって（？）プレートに肉がくっついたりしないし、プレートの色が白だというのも見栄えがする。これは、今日という日を耐えしのぶ甲斐があるものだわ、と美雪が考えていると、

「手際がいいですね」

と貴船光一が言った。

「いえいえ……ホットプレートのおかげです」

もちろん手際もいいけどね、と思いながら美雪は微笑み返した。

「次、よかったら僕が焼きますよ。焼きながらだと、ゆっくり食べられないでしょう」

「えっ。いや、悪いですよ、そんな」

「見てたら、ちょっとやりたくなっちゃって」

さらになんだかんだの応酬があって、結局、貴船光一に任せることになった。二巡目のお好み焼きは、関西ふうに牛すじ肉を甘辛く煮込んだものと青葱をたっぷり混ぜ込んで用意してあった。わあ、これは旨そうだ。僕は法善寺で、こういうの食べまし

たよ。貴船光一はそう言って、器用な手つきで焼きはじめた。

「新渡戸くんは、お料理とかしないの？」

麻子が言った。「新渡戸くん」というのは拓郎のことだ。彼と恋仲だったときには「タクロー」と呼んでいた。今日は「新渡戸くん」と呼ぼうとあらかじめ決めてきたのだろうか。いずれにしても麻子が拓郎に呼びかけるのは今日はじめてだった。

「しないなあ」

拓郎はあっさり答えた。しないことを悪いとも思っていない口調だった。たしかに、夫は料理をしない。というかできない。でも、美雪が忙しくしていたり食事作りにうんざりしているようなときには、察して、外食に誘ってくれたりする。家事の分担は私のほうが多いが、掃除は彼がしてくれるし、完璧主義なので私だったら見過ごしそうなところまできれいになる（今日もそうだ）。そういうことを言えばいいのに、と美雪は思う。いや、私が言うべきなのか。でも、なんだか麻子に張り合っているみたいでいやだ。実際のところ張り合っているのだが。

そのとき突然、ゴオッという音がした。

グラグラと家が揺れ出した。「地震！」と美雪と麻子の悲鳴に近い声が揃った。でかいぞ、と拓郎が、これは妙に落ち着いた声で、事実を告げるというふうに言った。

ひゅっと何かがテーブルの上で動き、ジャーッという音とともに、ホットプレートが盛大に蒸気を上げた。

間もなく揺れが収まると、誰が何をしたのかがあきらかになった。貴船光一が自分のワインを、ホットプレートの上にぶちまけたのだ。焼けつつあった牛すじ入りのお好み焼きが、ワイン浸しになっていた。ホットプレートの上から溢れたワインが、テーブルの上に滴っていた。やだ、光ちゃんたら、何やってるの。麻子が悲痛な声を上げた。

「ごめん。慌てて。火を消さなきゃと思って」

貴船光一はおろおろと言った。

「ホットプレートは火じゃないわよ、電気よ」

麻子が突っ込む。笑えるような口調ではないので、笑えない。

「すみません……なんか、緊張してたのが、地震で決壊して」

貴船光一はまだふるえている声で言い、すると拓郎が、

「えっ。緊張してたんですか」

と言った。夫のその言葉を聞いたとたん、美雪は思わずアハハと笑ってしまった。

美雪が笑うのを見て麻子も苦笑する。

「緊張、してたんだよね。私にはわかってた」

笑いながら麻子は言った。

「みんな緊張してたよ」

美雪は言った。

「俺はしてなかったよ」

拓郎が言い、再びみんなを笑わせた。今度は貴船光一も少し笑った。

そうか、貴船光一も緊張していたのだ。美雪はあらためて思った。私たちの関係を、知っていたか、気づいていたかで。私たちはみんな緊張していた。そんな四人が、ホットプレートを囲んでいたのだ。また笑いたくなってきた。

ホットプレートのスイッチを美雪は切った。それからプレートやテーブルの上のワインをみんなで拭き取っていると、あいかわらず何もしないでいた拓郎が、「これ、案外旨くなってるんじゃないか?」と言った。ワイン浸しになったお好み焼きのことだ。そうだねと美雪は同意して、きれいになったホットプレートのスイッチを再び入れた。

ジュウジュウと、何事もなかったかのようにお好み焼きは焼けはじめた。気を取り直したらしい貴船光一が、ひとつずつ丁寧にひっくり返して、美雪特製の醬油ソースとマヨネーズを塗った。麻子がスマートフォンを見ながら、「さっきの、震度四だって」

と言う。そんなもんか。もっと大きいと思ってたけど。短かったけどね。僕、地震って弱いんですよね。口々に感想を言ううちに、銘々の皿に熱々のお好み焼きが乗せられた。

「うん、旨いよ、これ。酒が効いてて旨い」

拓郎が最初にそう言った。どれどれと、みんな自分のお好み焼きを口に運んだ。咀《そ》嚼《しゃく》しながら、美雪は麻子と目を合わせた。自分たちだけにわかるように笑い合う。いや、苦笑しあったのか。拓郎はいい男だね。麻子の目はそう言っていた。貴船さんもいい男だよ。美雪は目でそう答えた。

「うん、興味深い味だね」

麻子は言い、

「ごめん！」

と貴船光一が手を合わせた。

さよなら、アクリルたわし

紗弓《さゆみ》から電話があって、ランチすることになった。水曜日、紗弓が勤めている不動産屋が休みの日に、S駅の最寄りのカフェで。

S駅はふたりの住まいがある沿線の、各駅停車しか停まらない小さな駅で、彩《あや》は降りるのははじめてだった。スマートフォンの地図アプリと首っ引きで散々迷った末に辿り着き——地図を見るのは苦手なことのひとつだ——こんな辺鄙な場所の店を紗弓はどうして知っているのだろう、ああそうか、不動産屋だからか、などと考えながら待っていた。迷ったために彩は約束の一時に十分近く遅れて着いたのだが、それよりさらに十分遅れて紗弓はあらわれた。

「ね、外の席にしない？」

紗弓は謝りもせずただそう言った。それで、水のコップを持って、通りに面したテラス席に移動した。十一月の終わりの薄曇りの日で、そこはちょっと寒かった。ほかに、ふたりより少し年嵩くらい――つまり三十代前後くらいの――男女がテーブルに着いていた。

「ここはなんでもおいしいよ」

ということは、紗弓はここによく来ているんだな、と彩は思った。こんな隠れ家みたいな洒落た店が行きつけなんて、彩には無縁のことだった（そもそもひとりで店に入って飲食できない）。「なんでも」と紗弓は言ったが、ランチメニューはハンバーガーとガパオライスの二種類しかなくて、ガパオライスがどういうものだかわからなかったので、彩はハンバーガーを注文した。

「ハンバーガーとか」

と、自分はガパオライスを注文した紗弓が呟いた。

「え？　だめ？」

「だめってことないけど。食べにくそうだなって」

「うん、まあ……かもしれないけど」

紗弓とは高校の同級生だった。いつも行動を共にしていた四人グループのひとり。仲が良かったんだね、と誰かに言われれば頷くけれど、心からそう思っているわけでもない。リーダー格だった紗弓から理不尽に責められているような気分になることは、あの頃もときどきあったのだった。でも、私たちはもう大人なのだから、と彩は考える。私が気にしなければいいことだろう。そんなに頻繁に会うわけでもないのだし――彩が紗弓とふたりで会うのは、一年と少し前、今住んでいるマンションを購入したとき以来だった。

「元気だった?」

と紗弓が聞いた。彩は頷く。

「紗弓は?」

「全然だめ。メンタル落ちまくり」

「え。どうしたの。なんかあったの」

「なんかっていうか……まあ、それはいいよ。住み心地、どう? なんか不具合とかない?」

「ないない。強いて言えば、新築でピカピカだから、掃除しなきゃっていうプレッシャーがあるかな」

冗談だよということを伝えるために彩は笑ってみたが、紗弓は笑わない。「メンタル落ちまくり」のせいだろうか。今日、私をランチに誘ったのはそれを相談するためだろうか。「まあ、それはいいよ」と言われても、もう一度くらい聞いてみるべきだろうか。

注文したものが運ばれてきた。ハンバーガーはたしかに食べづらそうだった。バンズの間に、ぶ厚いハンバーグとベーコンとトマトとレタスとゆで卵とチーズが挟まっている。ナイフとフォークがついてきたから、まず半分に切ろうとしてみたが、あっという間に崩れて皿の上はぐちゃぐちゃになってしまった。

「あーあ。ほんっと、彩って……」

吐き捨てるように紗弓が言った。気のせいじゃなくてあきらかに感じが悪い、と彩は思う。どうしてだろう。紗弓とは、不動産屋を夫と一緒に訪ねたときに、偶然再会したのだった。紗弓の尽力でいい物件が購入できた。あのときは紗弓は、たとえ夫が一緒の場でなくても、彩に対して終始感じが良かった（だからこそ今日もいそいそ出かけてきたのだ）。

会話は弾まず、彩は途方に暮れて視線を泳がせた。このテラスのもう一組の客である男女の、男の顔が醜く歪んでいるのが見えた。この季節に黒い半袖のポロシャツ姿で、むき出しの腕も顔も、浅黒く日焼けしていて妙にツヤツヤしている。はあ？　意味わかんねえ、と男が言うのが聞こえた。ほとんど怒鳴っているような声だったから、聞こえたのだろう。こちらからは横顔が見えている、地味な出で立ちのひっつめ髪の女は唇を引き結んでいる。

「つまりこういうことか。これが俺。これがおまえ……」

男はいっそう――まるで彩たちに聞かせたがっているみたいに――声を張り上げて、フォークを持った左手と、ナイフを持った右手を、左右に大きく広げた。その左手が、ちょうどそのとき近づいてきた店員の、食後の飲み物を載せたトレイにあたった。トレイは男の手に叩き落とされたかっこうになり、ガチャーンという大きな音を立ててカップが床に散らばった。

「なんだよ！」

と男が怒鳴った。店員は慌てたように屈みこんで、割れたカップの破片を拾いはじめた。

「ぼやっとしてんなよ！」

店員の頭上に男は怒声を降らせた。女が席を立って店員に近づいた。手伝おうとしているのだろう。座ってろ！　と男が怒鳴り、女は跳ねるように立ち上がって席に戻った。彩は心臓をドキドキさせて、視線を逸らした。

「あれって、あの男の人のせいだよね？」

紗弓にそう言ってみた。紗弓は黙って、彼女の皿の上のものを、スプーンで掻きよせている。見ていなかったのだろうか。でも、あの怒鳴り声が聞こえないはずはないのに。茶色く染めた紗弓の髪はいつでもきれいにカールされている。そのカールが、スプーンの動きに合わせて、彼女の肩の上で揺れている。ちょっと揺れすぎじゃないかなと彩が思ったとき、紗弓はパッと顔を上げて、彩を見た。

「ああもう。言うのやめようと思ってたんだけど、やっぱ言うね」

「え。なに」

私は彼女に何か悪いことをしたのだろうか。それを指摘されるのだろうか。彩がまず考えたのはそれだった。

「あたし、悟さんと付き合ってるの。あたしたち、愛し合ってるの」

紗弓は言った。

同じなんだな。

彩は思った。

悟さん、と紗弓は言っていた。私も夫のことを、そう呼んでいる。

へんなの。

そう思いながら、彩は毛糸を、左手の人差し指に巻きつける。できあがった輪の中に編み棒を差し込んで、目を作っていく。これから編むのはアクリルたわしだ。今回の毛糸は赤とピンク。毛糸はいつも百円ショップで買ってくる。毎日のように編んでいるから、もう手が勝手に動く。

一年と少し前、彩と悟は、マンションの部屋を探していた。結婚してから住んでいた賃貸の部屋がいろいろ不便になってきて、引越しすることにしたのだ。最初は賃貸にするつもりだったけれど、どうせなら買っちゃうか、ということになったのは、紗弓が担当者になって、いろいろ便宜を図ってくれたおかげもあったのかもしれない。

手続きは賃貸のときよりもうんとたくさんあって、急遽必要になった書類を持って彩が不動産屋に行くこともあったけれど、同じだけ、夫がひとりで行くこともあった。そういうときに紗弓と彼は惹かれ合い、愛し合うようになったのだと紗弓は言った。誘ってきたのは悟さんよ、と。

彩は、くるくると編んでいく。二段目、三段目とすぐに編めてしまう。ひとつ編むのに三十分とかからない。不器用な彩でも、作り続けているせいで、アクリルたわしだけは上手に編める（もちろん、最初に作ってみたときには、倍以上の時間がかかったけれど）。

紗弓は、悟と結婚したいらしい。

「別れてほしいの」

紗弓は言った。ガパオライスをひとくち食べた。

「悟さんがそう言ってるの？」

彩は聞いた。紗弓は頷いて、またスプーンを口に運んだ。咀嚼する間は黙っていた。

彩に打ち明けるのと同時に、食欲が出てきたみたいだった。

「彩のことはもう愛してないって。彩のほうから、別れてあげてほしいの。悟さんはやさしいから、自分からは言い出せないのよ。彩だって、愛されてないのに一緒にいるなんていやじゃない？」

彩は黙っていた。混乱していて、何を言えばいいのかわからなかった。アクリルたわしを編みたい、と思っていた。編んでいれば落ち着くことができるから。

彩が黙っている間に、紗弓はぱくぱく食べて、自分の皿を空にした。そして、彩の顔と、ぐちゃぐちゃのままの彩の皿とを交互に見て、「そういうとこだよね」と言った。

「よく考えてみて。悟さんと、ちゃんと話して」そう言って、レシートを摑んで席を立った。ランチは彼女に奢ってもらったらしい。

店内にあるレジで会計している紗弓をぼんやり眺めていると、紗弓の後ろに、さっき怒鳴っていた男の連れの女が並んだ。女は彩の視線に気づいたかのようにこちらを見た。彩もなぜか見つめ返してしまった。男の怒鳴り声が彩に聞こえたように、今しがたの紗弓との会話を、この女が承知しているようになぜか思えた。

気がつくと、赤とピンクの渦巻き模様のアクリルたわしができあがっていた。可愛い、と彩は思う。可愛いね、と夫もいつも言ってくれる。アクリルたわしはキッチンと洗面所にひとつずつ置いてあって、気分によって取り替える。

悟は、彩が新卒で入った会社の部署の先輩だった。

入社した年の社員旅行で、勧められるままに飲んで気分が悪くなった彩を、介抱してくれたのが彼だった。お礼にクッキーの小箱を買って渡したら、そのお礼にと食事に誘われた。そんなふうにして付き合いはじめて、一年半後に結婚した。

結婚と同時に退職した。会社内での結婚の場合、女性のほうが辞めるという暗黙のルールがあるみたいだったし、彩が悟を「落とした」と、何かすごい悪巧みを成功させたみたいに、陰でこそこそ言われているのもつらかった。悟も、彩が辞めるのは当然のことと思っていたようだった。赤ちゃんができたら、仕事なんてできないしね。そう言った。

でも、その赤ちゃんはなかなかできなくて、病院に行ったら、悟に問題があるためにできにくい、ということがわかった。悟はしばらくの間落ち込んでいたけれど、やがて元気になった。彩は、赤ちゃんができないならパートかバイトで働こうと思ったのだけれど、やめた。悟が望んでいないことがわかったから。赤ん坊ができないから働いてるみたいに思われたらいやじゃないか。悟はそう言った。だってその通りじゃない？　と彩は思ったけれど口には出さなくて、かわりに家事に邁進して、赤ちゃんがいなくても、十分幸せな家になるように努力することにした。

いつの間にかみっつも編んでいた。赤とピンクの渦巻き、青とグレーの渦巻き、中心部が赤で周囲が青のアクリルたわし。

もう夕食の支度をする時間だった。彩は慌てて立ち上がった。仕事を終えて帰ってくる悟のために、うんとおいしいものを作らなければ。レシピ本をたくさん買ったり動画を観たりして、料理にかんしてはまずまずできるようになった。それでもときどきは失敗したりするし、思わぬ時間がかかったりするから、いつも余裕を十分持って作りはじめる。

悟は七時過ぎに帰ってきた。いつも通りだ。ただいまー。まず、玄関ドアの鍵を回す音が聞こえ、それから声が聞こえる。これもいつも通り。

悟はリビングを通り抜けまっすぐ寝室へ向かい、スウェットの上下に着替えてリビングに戻ってくる。ソファにどさっと座り、テレビをつける。悟は、最近自分からはあまり喋らない。仕事が忙しすぎるのだろうと彩は思っている。悟が喋らないと、彩は自分から何を言っていいのかよくわからない。それで、夫婦の会話は減っている。新婚時代じゃないのだし、どこでもこんなものだろう、と彩は考えている。

「できたよー」

彩が呼ぶと、悟は立ち上がってダイニングテーブルに着く。彩は冷蔵庫から缶ビールを出して彼に渡す。悟は受け取って、プルトップを開け、ごくごくと呷《あお》る。彩はビールは飲まず――結婚して以来アルコールは口にしていない――かわりに「いただきます」と言う。麻婆豆腐とイカの刺身、小松菜のお浸し、なめこと油揚げの味噌汁というのが今日の献立だ。昼間、紗弓と会った帰りに買い物をしてきた。

「おいしい?」

と彩は聞いてみる。ちょっと驚いたように悟は顔を上げる。最近、彩がそんなふうに聞くことはなかったからだろう。うん、と悟は言って、それを証明してみせるように、麻婆豆腐を口に運ぶ。今は食べることに忙しいから、話しかけないでくれ、という意思表示のようにも思える。

「あのね、今日、紗弓に会ったの」

でも、彩はさらにそう言ってみる。これは、どうしてもたしかめなければならないことだからだ。悟はまた顔を上げた。驚いた顔ではない。ほとんど表情がない。

「めずらしいね」

悟はそう言った。ランチに誘われたの、と彩は言った。

「でね、紗弓がへんなことを言うのよ。自分は悟さんと付き合ってるんだって……私に、悟さんと別れてほしいって」

「なんだそれ」

悟は言った。今度は彩の顔を見ずに、麻婆豆腐を取り分けた皿に向かって。

「そうよね、へんよね」

「へんだよ。意味がわからない」

「マンションを買ったときから付き合ってるとか……愛し合ってるとか……ドラマみたいなこと言うの。冗談だったのかな」

「冗談のつもりだろ。相手にしなくていいよ」

うん。彩は頷いた。ほらね、と思った。ほらね、何も起きてない。あれは紗弓の冗談だったんだ。それにしても、ちょっとやりすぎだし、ああいう冗談は二度と聞きたくないから、悟さんが言う通りもう相手にするのはやめよう。紗弓から連絡があっても、会わなければいい。

そのとき着信音が聞こえた。悟がスウェットのポケットに入れているスマートフォンからだった。悟はそれを取り出して一瞥《いちべつ》すると、電源を切った。そのあと彩と悟は、もうほとんど会話をせずに食事を続けた。

その夜、彩は目を覚ました。ナイトテーブルに置いたスマートフォンで時間をたしかめると、午前一時五十分だった。隣のベッドは空だった。そっとベッドから降りて、寝室のドアを開けると、悟がボソボソ喋っている声が聞こえた。何を言っているのかまではわからないが、誰かと話していることはわかる。きっと洗面所に閉じこもって電話をしているのだ。

こういうことは以前にもあった——というか、この一年の間に、度々あった。彩は気がついていた。気がつくたびに、アクリルたわしを編んでいたのだった。

彩はコーヒーを淹れる。

といっても、コーヒーメーカーに粉と水とをセットするだけだから、今はまず、失敗する不安はない（最初の頃はフィルターのセットの仕方がまずくて、いつまで経ってもコーヒーが下に落ちていかないということもあったけれど）。コーヒーメーカーが作動している間に、トーストを焼いて目玉焼きを作る。悟は、トーストの上に目玉焼きをのせて食べるのが好きだ。玉子の黄身に火を通しすぎるとパンに絡めることができなくて、悟ががっかりした顔になるから、目玉焼きには神経を使う。今朝は上手にできた。

身支度を終えてダイニングに入ってきた悟が、「お、いい匂いだな」と言った。コーヒーのことだか目玉焼きのことなのだかわからなかったが、彼がそんなふうに言うのは久しくなかったことなので、彩はびっくりする。席に着くと悟は喋りはじめて、いよいよ彩を驚かせた。次の週末に旅行に行こうという話。それに、養子をもらうことを考えてみないかという話。彩は相槌を打つことさえうまくできないが、悟はかまわずにひとりでどんどん喋り続ける。

呼び鈴が鳴った。

平日のこんな時間——まだ七時半だ——に呼び鈴が鳴るなどはじめてだから、彩と悟は顔を見合わせる。彩が立とうとすると、「俺が出る」と悟が玄関に向かった。間もなく、言い争う声が聞こえてきた。一方はもちろん悟で、動物の鳴き声みたいにも聞こえる甲高い声は、紗弓のものだと彩にはわかった。声のほかにもガタガタ、ドタドタとものや体がぶつかる音がして、それから、紗弓が部屋に駆け込んできた。

「なにやってんのよあんた！」

紗弓は彩を見るなり叫んだ。怯えながらも、彩はほんの少し笑いたくなった。だってそれは、彩が紗弓に向かって叫ぶべき言葉だったから。

「のうのうとそんなとこ座って！　奥さんぶって！　別れてよって言ったじゃない！　あんたが動かないから、悟さんが困ってるのよ！　あんたのせいよ！」

彩はびっくりした——紗弓が泣いていたから。それも涙だけでなく鼻水も出ていて顔はグシャグシャだった。そんなひどい顔を紗弓が彩に見せるのははじめてだった。

「だまれよ！」

と悟が怒鳴った。紗弓を追うように部屋に戻ってきたのだ。こちらは、癇癪《かんしゃく》を起こした子供みたいな声だった。

「だまらないわよ。話が違うじゃない。絶対に別れないわよ。彩のことはもう愛してないって言ったじゃない。なんにもできない。セックスもマグロだって。子供を産むこともできないって。毎日ばかみたいなたわしを編んでるだけだって。あなた、そう言ってたじゃない」

「でたらめ言うな！」

悟が紗弓の腕を引っ張り、紗弓がそれを振りほどこうとして、ふたりは揉み合いになった。それから紗弓が突然バッテリーが切れたみたいにおとなしくなって、悟の胸に顔を埋めて静かに泣きはじめた。悟は両手を、置き場に迷うふうに宙に浮かせて、その体勢で彩を見た。そしてなぜか目配せみたいなことをしたけれど、彩は思わず目を逸らしてしまった。そんな体勢で彩に向かってそんな表情をする彼を見たくなかったのだ。

「ちょっと外で話をしてくるよ、そのまま会社に行くから。帰ったら話そう」

悟が通勤鞄を取るためにいったん紗弓のそばを離れると、紗弓は突っ立ったままおとなしく待っていたが、その間ずっと彩を睨んでいた。彩はその視線を受け止めた──なぜだか、受け止めることができた。もう怯えてはいなくて、ただ紗弓を気の毒に思っていた。

ひとりになると、彩は朝食のテーブルを片付けた。

洗濯機を回し、部屋を掃除し、洗濯物を干した。そこまではいつも通りだった。

いつもと違うのは、アクリルたわしを編まなかったことだった。いつものようにアクリル毛糸と編み棒を持ってソファに座ったが、動かそうとした手がふと止まった。編みたくなかった。いつだって、編みたくなんかなかったことに気がついた。

彩は立ち上がって物入れの扉を開けた。最下段に押し込んであるレジ袋を引っ張り出した。中にはアクリルたわしが詰め込んであった。使って汚れたり擦り切れたりすれば取り替えていたが、それでも作るスピードのほうが速かった。その場にぺたりと座り込み、レジ袋を逆さまにした。色とりどりのアクリルたわしが床の上に広がった。数えてみると全部で五十三個あった。色や、色の組み合わせが違うから、ひとつひとつ、編んでいたときの気持ちを覚えていた。それらは思い出したくない気持ちだった。

彩はかなり長い間、アクリルたわしを見下ろしていた。それからそれらをレジ袋の中に戻し、それを持ったまま立ち上がった。上着を着て、家を出た。八階の部屋からエレベーターで下に降り、エントランスに出たところでマンションを振り仰いだ。ずっとここにいたのだと思った。ここで、アクリルたわしを編んでいた。二日に一度は買い物などの用事で外に出ていたのに、今はじめてこのマンションから出たような気がした。

住宅街に沿った川縁の道を、彩は歩いていった。どこかひと気のないところを探すつもりだった。でも、いつまで歩いても人通りは絶えなくて、どうしようかと考えながら、なんとなく橋を渡りはじめた。

向こうから、女がひとり歩いてくる。金髪に近いあかるい藁色のベリーショートが最初目に留まったのだが、あれっと思って二度見すると、向こうも同じような顔で見ていた。どこかで会った、よく知っている人だという感じがあって、それから、ああそうだ、紗弓に呼び出されたあのS駅近くのカフェにいた人だ、と気がついた。怒鳴る男と一緒にいた――会計をする紗弓の後ろにいて、しばらくの間、何か言いたそうに彩を見ていた人。ただあのときは、黒い髪をひっつめていた。

女は、焦げ茶色のトレンチコートにボーダーのTシャツにチノパンという格好で、そんな平凡な出で立ちにあたらしいヘアスタイルはあまり似合っていなかったが、だからこそあのときの女だとわかったのかもしれなかった。こんにちは。彩はほとんど無意識に言った。こんにちは。女も返した。ふたりは立ち止まり、通行人の邪魔にならないように欄干のほうへ近づいて並んで立った。

「その髪……」

と彩は言った。

「そう、切ったの」

女は水面を見下ろしながら言った。

「切ってやったのよ」

彩は頷いた。何度も。それからレジ袋を持ち上げた。

「見てて」

彩はアクリルたわしをひとつ取り出して、川に向かって投げた。本当はどこかで燃やすつもりだった。でも、川でもいい。今がいい。

彩はひとつずつ川に落とした。女は見ていてくれた。

焚いてるんだよ、薪ストーブ

「あ、健ちゃん？　今、いい？」

それが佐野さんの第一声だった。まったくいつもの口調だった。最近は連絡のほとんどはLINEを使うようになっていたから、久しぶりの電話ではあったけれど。それでも、「チェーンソーが動かなくなっちゃったんだけどさあ」とか「釣りの鯵が山ほど送られてきたんだけど、取りに来ない？」とか、そういうふうに続くものだとばかり思っていた。

「聡子《さとこ》が死んじゃったみたいなんだよ」

そう言われても、冗談にしか聞こえなかった。

「え？　なんすか？　どういう意味ですか？」

だから俺はちょっと笑いながらそう聞いた。

「みたいっていうか、死んじゃったんだよ、聡子。今、医者に言われた。心臓らしい」

佐野さんは、チェーンソーの不具合を説明するときみたいな口調で、そう言った。

九月のはじめの日曜日のことだった。俺も麻美も家にいたから、慌ててふたりで病院まで車を飛ばした。山に囲まれたこの一帯で、いちばん大きな総合病院だった。救急診療の入口から中に入って、ほかに誰もいない会計所前のソファにポツンと座っている佐野さんを見つけても、まだどこか冗談のように思っていた。

聡子さんは六十九歳だった。佐野さんは聡子さんより十歳上で、持病もあって、「先に逝くのは絶対に俺だからさ、そのあと聡子をよろしくな」というのが口癖だったが、聡子さんのほうが先に死んでしまった。

佐野さん夫婦と知り合ったのは、麻美が先だった。十数年前にふたりがこの地の古い別荘を買ったとき、リフォームを引き受けたのが麻美だったのだ。別荘地の管理事務所でもらった、工務店のリストの一番下にあったのがフリーのインテリアプランナーである麻美の名前で、ふたりがリストの最後尾から電話をかけてみることにしたのはまったくの偶然らしい。麻美とふたりは最初から気が合って、リフォームが終わってからも三人で食事したりするようになったらしい。そのうちふたりは、東京の家を引き払ってこの地に永住することを考えはじめて、土地を見つけて麻美のコーディネイトで家を建てることになった。これもまた偶然だったのだが、基礎を依頼されたのが俺だった。

俺と麻美は佐野邸新築工事を通して惹かれ合うようになった。ふたりとも子供がいないバツイチ同士だった。山裾の別荘地内の、川を見下ろす絶景の地に佐野邸が完成するのと、俺と麻美が一緒に暮らしはじめるのがほぼ同時期で、八年前のことだ。以後は俺も加わって四人で飲みに行くようになり（佐野さんは下戸だから飲むのは三人だったが）、ときには近場に旅行することもあった。四人の中で最年少の俺は四十八歳で、佐野さんの息子といっていい年回りだったが、俺たちは年齢を超えた友人同士だった。「こんな歳で田舎に移住して楽しいことばっかりなのは健ちゃんと麻美ちゃんのおかげ」と聡子さんは何かにつけ言っていた。ああそうか、聡子さんはあの家に八年しか住まなかったんだ、と俺は思う。

葬式はしなくていい、なんならお墓もいらない、と聡子さんは常々言っていて、佐野さんはその遺言（?）を守って通夜も葬式も行わなかった。ただ、聡子さんがイラストレーターだった関係で、仕事仲間や友人たちが東京でお別れ会のようなものを開いて、佐野さんはそれに出席した。それを聞いた俺たちは、こっちでもそういう会をささやかに開きたいと思った。佐野さんに相談すると、了解してくれた。

俺と麻美、新築工事のときに佐野夫婦とも親しくなった俺の後輩の大工、電気関係を担当した麻美の父親、それに佐野さんとで、四人でよく行った居酒屋に集まった。店主夫婦も献杯に加わった。

麻美の父親が早々に酔っ払って泣き出し、それにつられて俺がちょっと涙ぐんでしまったが、心配していたほど湿っぽくはならなかった。佐野さんが終始あかるかったせいだ。佐野家の墓は東北にあって遠いので、こっちで聡子さんと佐野さん、ふたり用の墓を探すということだった。

佐野さんと聡子さんはやっぱり子供がいないバツイチ同士で、一緒になった年回りは俺と麻美より少し早い。たしか聡子さんが三十代、佐野さんが四十代のときだったはずだ。ふたりは仲がいい夫婦だった。佐野さんは出版社を定年退職してから、書評を書く仕事をしていた。こちらに移住してからはほとんど一日中同じ家の中で過ごしていたわけだが、ケンカはほとんどしたことがないと言っていて、ふたりを見ていると、そうだろうなと思えた。ケンカにならないのよ、私が怒るとすぐ謝るんだもの。でも結局また同じことをやらかすのよね。聡子さんはそう言って笑い、その横でやっぱり笑っている佐野さんを見ているのが俺は好きだった。

朝起きたら隣で聡子さんがすでに事切れていたときのことを、佐野さんは自分から、冗談交じりに話した。

「いつまでたっても動かないから、がまん強いなあ、いつまでふざけてるつもりなんだよって思ってたよ」

と佐野さんは笑いながら言った。

「俺もまだ、なんかの冗談だって気持ちが抜けないです」

俺は言った。

「案外、その辺に隠れてたりしてな」

「いますよ、聡子さん、今もここに。ニコニコしながら私たちを見てますよ」

ちょうどそこに追加の酒を運んできた、店の奥さんが言った。俺はなんとなく店内を見渡してしまった。当たり前だが、聡子さんはいなかった。どこにも。今にも入口の格子戸が開いて、「あはは、ごめん、ごめん」と笑いながら入ってきそうなのに。

人はいなくなる。俺はそう思った。人はある日こんなふうにいなくなるんだ。それは俺が、聡子さんの死をはじめてはっきり認識した瞬間だったのかもしれない。

「困ったことがあったら、いつでも連絡くださいね。三人になっちゃったけど、また一緒にごはん行きましょうね」

別れ際に麻美が言った。俺も「絶対ですよ」と言い添えた。

「サンキュー」

と佐野さんは手をひらひら振った。

その夜、俺も麻美もいつもほどには飲まなかった。だから当然、いつもほどには酔っていなかったのだが、俺は酔ったふりをした。

洗面所で化粧を落としている麻美に、うしろから抱きついた。んもー、何よ？　麻美はとくに表情も変えずに、コットンで目の周りを拭いている。

麻美は俺より五つ上の五十三歳だ。ほとんど見た目しか知らなかった頃は年下だと思っていた。知り合って、話すようになったら、やっぱり年上なんだなと思うこともあった。一緒に暮らしている今は、頼りになる姉みたいに思えるときと、可愛い妹みたいに思えるときと、両方ある。

Tシャツのボーダーネックからあらわになっている首筋に、俺は顔を埋めた。麻美は現場で作業を手伝うことも多いから、それなりに鍛えられた体をしている。はじめて彼女の体に触れたとき、ちょっとびっくりしたものだった。でも、あれから八年が経って、麻美の体つきはやっぱり幾らかやわらかくなっている。俺の鼻先で揺れている彼女の髪の中には、白髪が一本混じっている。あーっ、ここにも白髪だあと、そういえばこの前叫んでいた。

違う、それがいやだというんじゃない。誰だって年を取る。肉体は衰える。俺だってそうだ。今の俺の腹の筋肉は二十代の頃のそれじゃない。ただ、麻美は俺より五歳上だ。俺はどうしてもそのことを考えてしまう。

麻美は香水の類をつけないが、風呂上がりにいつも擦り込んでいるボディクリームの甘い匂いが微かに残っていた。俺はそれを吸い込んだ。なぜだか、さっき居酒屋で懸命に引っ込めた涙がまた瞼の中で膨らんできた。

「佐野さん、案外大丈夫だったな」

俺は顔を埋めたまま言った。くぐもった声になったが、麻美には伝わったらしい。

「うん、まあね」

「大丈夫だよな」

「たぶんね」

麻美は俺を軽く押すようにして、顔を洗った。どうして曖昧な返事しかしないんだよ。俺は思った。絶対大丈夫だって言ってくれよ。

「また、佐野さん誘おうよ。三人で頻繁に会うようにしようよ」

「そうだねえ」

「いつにしようか。今度は焼肉とかさ。佐野さん、好きじゃん」

「あんまりすぐっていうのもねえ。佐野さん、同情されるの好きじゃないかも」

「同情っていうかさ……」

麻美がくるりとこちらを向いた。何か俺が聞きたい言葉を言ってくれるんじゃないかと期待したが、麻美の口から出たのは、

「お風呂、先入っていい？」

だった。


麻美は積極的ではないし、いつ誘おうか、やっぱり同情されてると思うだろうか、ていうか、同情してちゃいけないのかな、とぐずぐず考えていたら、いつの間にか十月になっていた。

この辺りの十月はもう寒い。俺たちの家でも朝晩は薪ストーブを焚く日が増えていた。佐野さんの家はうちよりさらに標高が高いとこにあるから、結構冷え込んでるだろうな、薪は足りてるのかなと俺は気になっていた。ＬＩＮＥでメッセージを送ってみようかと考えたが、最近やりとりが途絶えていることもあって、どういうふうに書

けばいいのか悩んでしまった。こんにちは、寒いですね。こんにちは、寒くないですか。その後どうしていますか。どれも不適切な気がする。

俺たちが連絡を取り合っているのは俺と麻美、佐野さんと聡子さんの四人のＬＩＮＥグループで、考えてみればたいていいつも麻美と聡子さんとがやりとりしていて、ときどき俺がスタンプで参加したり、佐野さんが茶々を入れたりしていたのだった。聡子さんがいなくなったＬＩＮＥグループで、どんな言葉で佐野さんに話しかければいいのだろう。というか、それを考えていると、麻美に話しかける言葉まで覚束《おぼつか》なくなってくるようだった。

ばったり佐野さんに会ったのは、ホームセンターの中だった。よく晴れていたが冷え込んでもいた日の午前十一時。俺は午前中は仕事がなかったので、うちの朽ちかけているテラスを作り変えるための建材を探しにきていた。店内を移動していたら、佐野さんがいた。ストーブ売り場で、灯油ストーブの大きな箱をカートに積み込もうとしていた。

「佐野さーん」

呼びかけると、佐野さんはびくっとして、どことなくいやそうに振り返った。

「よう。仕事?」

「いや、ちょっと家の用事で。佐野さん、それ、買うんですか」

「うん」

佐野さんは仕方なさそうに頷いた。積み込むのに苦労している様子なので、俺は手伝った。箱には「大型」「ハイパワー」「木造四十八畳まで」などの文字が並んでいる。

「これ、どうするんですか。どこで使うんですか」

思わず聞いた。佐野さんの家は、薪ストーブ一台で十分暖まるはずだった。そういうふうに麻美がコーディネイトし、俺と彼女とで、床にも壁にも最高レベルの断熱材をこれでもかというほど詰め込んだのだ。

「薪ストーブが使えなくなっちゃってさ」

佐野さんは、困ったようにちょっと笑って、そう言った。

「え？　なんか、不具合ですか」

「いや……薪がなかなか燃えつかなくて。ずっと聡子がやってたもんだから、俺、やりかた忘れちゃってさ。燻るだけで全然あったかくならないし、一日中薪ストーブいじってるわけにもいかないから、もう灯油ストーブでいいかなって。俺もこの先、そんなに長く生きるわけじゃないしさ」

「いやいやいや。ちょっと待ってくださいよ」

薪ストーブの着火や、火を絶やさないようにすることには、たしかにちょっとしたコツがいる。だが佐野さん夫婦は以前の別荘時代から薪ストーブを使っていたし、「ずっと聡子がやってた」わけではなく、佐野さんが焚き付けているところを俺は何度も見ていた。「薪ストーブの焚き付けはもうプロだよ」と佐野さんは笑っていたのではなかったか。

「俺がやりますよ。俺、教えに行きますよ」

俺はそう言ってみたが、佐野さんは手をひらひらと振った。

「なんだかもう、面倒になっちゃってさ」

そう言って、でかい灯油ストーブの箱を載せたカートを、ガラガラと押しながら行ってしまった。

「佐野さん、灯油ストーブは使えるのかな」

俺は言う。木枯らしみたいな風がピュウッと吹いてきて、思わず首をすくめる。十月は今日で終わりだ。

「使えるに決まってるよ。スイッチひとつだもん」

麻美が答える。俺たちは町に近い現場で、斜面の伐採に取りかかっている。この土地には、俺の後輩夫婦の家が建つ予定だ。

「でも、灯油入れたりできんのかな」

「できるよ。呆けたわけじゃないんだから」

「うん……っていうか、呆けたわけじゃないのかな、マジで」

「大丈夫だったら。ちゃんとLINEの返事も来たじゃん」

叱りつけるように麻美は言った。「LINEの返事」というのは、先週、俺たちが佐野さんを我が家での夕食に誘ったときのことだ。「遠慮するよ」という返事が来た。「どうして?」と麻美が返信したら、「ふたりと会うと、よけいに寂しくなるからさ」と佐野さんは書いてよこした。そう言われたら、それ以上は誘えなかった。たしかにあの返信は、呆けているという感じではなかった。ただ、そうだとしたら俺たちはもう三人で会えないということだろうか。

「でも、薪ストーブもう使わないつもりなのかな」

「どうかな。そのうち教えに行けばいいじゃん」

「でも、俺たちには会いたくないって言うし」

「今はまだ……ってことでしょ」

「でも」

「でもでもってうるさいなあ！　大丈夫だってば！」

麻美は振り返って怒鳴った。そのとき彼女は、斜面の下草を鎌で払っていたのだった。これまで、そんなことは一度だってなかったのに、振り返った拍子に麻美は滑った。後ろ向きに倒れ、「あつっ！」と大きな声を上げた。

「何やってんだよ」

それほど大ごとだとは思わなかった。照れ笑いしながらすぐに立ち上がるだろうと思った麻美がずっと転がったままなので、俺はユンボから降りて彼女のそばへ行った。投げ出された右足の足首の周りの草が真っ赤になっていた。

鎌の刃が足首に当たったのだ。

俺は麻美を軽トラに乗せて、休診時間中の病院に駆け込んだ。聡子さんが運び込まれたのと同じ総合病院だ。幸い、出血のわりには傷は軽くて、五針縫っただけで済んだ。でも、俺の胸の動悸は収まらなかった。草を染めていた麻美の血の色、病院への車の中で麻美がふるえていたこと。麻美が治療を受けている間、ひと気のない待合室で、まるで聡子さんが死んだときの佐野さんみたいに、ぽつんとひとり待っていた自分。それらにひどいダメージを受けていた。

治療と会計を終えて、痛み止めと抗生剤をもらうために俺たちは薬局の待合室に座っていた。車の中で待っているように俺は麻美に言ったのだが、麻美は一緒に行くと言った。アマガエルみたいな色をした合皮のソファの上で、麻美は俺に身を寄せていた。まだふるえている。

「痛いの？」

と俺は聞いた。

「ごめん」

と麻美は呟いた。

「謝ることじゃないだろ。俺こそごめん。仕事に集中すべきだったよな」

「ごめん」

麻美は泣いていた。もちろん傷はまだ痛むのだろうが、そのせいじゃないんだろう。俺にはわかった——俺が佐野さんのことをしつこく麻美に聞いていたのと、麻美がそっけない返事しかしなかったこととは、じつは同じことだったのだと。俺たちは同じものを恐れていたのだと。

「大丈夫だよ」

と俺は麻美と、自分自身に向かって言った。なんだかまた俺も泣きそうになってきた。そのとき、俺と麻美のスマートフォンにＬＩＮＥの着信音が響いた。

佐野さんからだった。

「久しぶりに飯食いに来ない？」

というメッセージだった。


約束は三日後の夜だった。

俺と麻美は軽トラで出かけた。これについては、ふたりで少し悩んだ。佐野家での食事に招かれたときには酒が出るから、車で行ったら泊めてもらうことになる。新居には佐野夫婦が「ほとんど健ちゃんと麻美ちゃん専用だよ」と言っていた小さな客用寝室がひと部屋あるのだ。今夜もそのつもりでいていいのだろうか。酒豪の聡子さんはもういないのに俺たちは酒を飲んでいいのだろうか。っていうか食事って、何が出るのだろう。聡子さんは料理上手だったが、佐野さんが料理をするというのは聞いたことがない。俺たちは、何を食わされるんだろう……。結局、「とにかく、これまで通りにしてみよう」ということになったのだった。

佐野家の前で軽トラを降りたとき、「あ！」と麻美が声を上げた。指差しているのは屋根の上だった。俺は最初なんのことだかわからなかった。それから気づいた。煙突だ。煙突から煙が出ている。それも白煙ではなく、澄んだ煙だ。景色がそこだけ揺らめいている。薪ストーブが焚かれている、ちゃんと燃焼している、ということだ。

呼び鈴を押すと、しばらく待たされた後、佐野さんが「よおっ」とニコニコしながらドアを開けた。すぐうしろから聡子さんが「いらっしゃーい」と出てきてくれないことが寂しかったが、佐野さんの表情はこの前ホームセンターで会ったときよりも若々しい感じがした。煙突の煙を見たせいかもしれないが。

家の中は暖かかった。薪ストーブ特有の、ふわんとした、やわらかい毛布で家がすっぽり包まれているみたいな暖かさだ。玄関を入ってすぐ、土間に置かれた薪ストーブを俺と麻美はまじまじと見た。もちろん炉内では火が燃え盛っていた。そしてストーブの上には鉄鍋が置かれ、いい匂いが漂っていた。この匂いにも覚えがある。聡子さんお得意のアイリッシュシチューだ。

「薪ストーブ、焚いてるじゃないですか」

俺より先に麻美が言った。

「焚いてるんだよ」

キッチンカウンターの向こうで佐野さんは照れ臭そうに言った。

「薪ストーブがあるのに灯油ストーブ焚くなんて、やっぱりカッコ悪いからなあ」

焚きかたを忘れたと言っていたが、じつは薪ストーブに近づくのがいやだったんだと佐野さんは言った。薪ストーブをはじめて使ったときのこと、ふたりで焚き付けの腕を競い合ったことなど、聡子さんとの思い出が多すぎるから。ほかのことでもそうだった。聡子さんにまつわる記憶には近づかないように、近づかないように、「亀みたいに首を引っ込めて」佐野さんはついこの前まで暮らしていた。

「でもなあ、そうそう縮こまってばかりもいられないんだよな。俺はまだ生きてるからなあ」

佐野さんはダイニングテーブルに大皿を運んできた。チーズとかハムとかウィンナーとかレタスとか、クラッカーとかがぐちゃっと盛りつけられている。クオリティは聡子さんの料理に遠く及ばないが、努力と意欲は大いに評価すべきだろう。俺は泣きそうになるのをがまんした。以前にがまんしたときの気分とは全然違っていたが。

「これと、あと例のシチュー作っといたから。前に麻美ちゃんが、作りかた教えてくださいって言って、聡子がLINEで送ってただろう。あれを探したんだ。旨いと思うよ。酒はビールとワインと焼酎があるよ。ワインは聡子が注文してたやつだよ。あ、今日、泊まってくだろ？」

もちろん、と俺たちは答えた。テーブルで向かい合う。俺たちはビール、佐野さんはノンアルコールビールで、乾杯した。

「亀状態から、どうやって抜け出したんですか。なんかきっかけがあったんですか」

水気が切れていないレタスをもしゃもしゃ咀嚼しながら、俺は聞いた。

「聡子さんが夢に出てきて怒ったとか？」

麻美も言った。そういうのはとくにないんだけど、と佐野さんはまた照れ臭そうな顔になった。

「まあ、人間っていうのはそういうふうにできてるんじゃないの？　生きてるかぎりは、生きていくようにさ」

佐野さんは立ち上がった。薪ストーブに近づいて、シチューの煮え具合を見ている。もうちょっとだな。そう言って振り返って、麻美の足に目を留めた。足首の包帯に、ようやく気がついたらしい。

「なんだよ、どうしたんだよ足？」

「大丈夫」

俺と麻美の声が揃った。俺たちは笑った。俺はセーターを脱いでシャツ一枚になった。薪ストーブの炉内で薪はがんがん燃えていて、家の中は暑いくらいだった。

本書は、月刊誌『なごみ』での連載「味をつくる道具と人」
（二〇二一年九月〜二〇二三年四月）をもとに、
大幅に加筆修正を加えたものです。

井上荒野（いのうえ・あれの）

一九六一年、東京都生まれ。成蹊大学文学部卒業。八九年「わたしのヌレエフ」で第一回フェミナ賞、二〇〇四年『潤一』で第十一回島清恋愛文学賞、〇八年『切羽へ』で第一三九回直木賞受賞など、受賞作多数。著書に『キャベツ炒めに捧ぐ』『ベーコン』『静子の日常』『あちらにいる鬼』『小説家の一日』ほか。

ホットプレートと震度四《しんどよん》

2024年 2月3日　初版発行

著　者　井上荒野《いのうえあれの》
発行者　伊住公一朗
発行所　株式会社 淡交社
本社　〒603-8588 京都市北区堀川通鞍馬口上ル
営業　075-432-5156　編集　075-432-5161
支社　〒162-0061 東京都新宿区市谷柳町 39-1
営業　03-5269-7941　編集　03-5269-1691
www.tankosha.co.jp

印刷・製本　中央精版印刷株式会社

ISBN978-4-473-04579-9